박선주 「여섯 번째는 파란」

이준석 「소리」

이호국 「안나는 없다」

하성흡 「목포의 일우」

여섯 번째는
파란

범현이 소설집

여섯 번째는
파란

문학들

| 차례 |

여섯 번째는 파란

그림 박선주 作

글이 써지지 않을 때마다 은종을 찾는다면 내 몸이 나비로 뒤덮이고 말 것이다.

펙!

"어-억!"

갑작스런 굉음과 함께 인도를 걸어가는 내 앞으로 나무토막 같은 것이 툭- 하고 떨어진다. 인도에 떨어진 것은 나무토막이 아니라 사람 팔이다. 바로 내 뒤에서 사람이 질주하는 자동차에 치였다. 무단 횡단하던 취객이었던 모양이다.

자동차는 사람을 치고 한참을 더 달려가서 멈춰 서 있다. 삼거리 쪽에서 달려온 자동차가 부서진 머리통과 몸통 앞에 멈춰 섰다. 인도에 떨어진 팔은 자동차 헤드라이트 불빛과 가로등 불빛을 받아 더욱 또렷하게 형체를 드러낸다. 굵은 팔뚝에는 꽤 커다란 박쥐가 새겨져 있다. 박쥐처럼 날아서 무단 횡단하지 못한 팔뚝에서 흘러나온 피가 인도에 또 다른 박쥐를 만들어 놓았다.

나는 주차장 쪽을 향해 무작정 달려가다 은행나무를 붙들고 토악질을 한다. 빈속으로 넘어갔던 보리차가 줄줄 흘러나온다. 내가 자동차에 부딪친 것도 아닌데 머리가 얼얼하고 눈물은 걷잡을 수 없다. 박쥐가 새겨진 팔은 내 팔이 아니다. 내 몸통과 머리통은 온전했다. 나는 자동차에 부서진 익명의 머리통과 몸통과 팔다리를 보았을 뿐 멀쩡하게 살아 있었다.

새벽 공기에 피비린내가 희미하게 섞여 드는 시간. 어둠에 빛이 조금씩 섞여 드는 시간에 내가 전화를 걸 수 있는 사람은 은종뿐이었다. 하지만 은종은 신호음이 끝나도록 전화를 받지 않는다. 무음으로 해놓았거나 벨 소리를 듣지 못한 것이다. 나는 은종에게 전화를 걸어서 무슨 말을 하려고 했을까. 은종의 엄마가 은종에게 했다는 말이 떠올랐다. 죽어서 얻는 평안이 살아서 느낄 고통보다 더 낫지는 않을 것이다. 나는 내가 달려왔던 길을 돌아본다. 부서져서 흩어진 몸은 그대로 있을까? 하지만 다시 돌아가서 확인할 용기는 없었다. 인도로 날아온 팔에 새겨진 까만 박쥐가 문득 떠올랐다.

두 번째 나비를 새기러 갔을 때 은종은 이렇게 말했다.

"이제는 할 만해요. 어느 순간에는 내가 판화를 하고 있다는 착각도 들고…."

나는 울음이 났다. 멀리서 다가오는 빛에 어둠이 희석되는 시간을 울지 않고는 견딜 수 없다는 생각이 든다. 나는 부서지지 않고 이렇게라도 견딜 수 있어서 다행일까. 이제 알겠다. 그동안 나는 수없이 죽고 싶어 했지만 사실은 부단히 살고 싶어 했고 살기 위해 안간힘을 써왔다는 것을. 부서진 죽음을 저 멀리 등 뒤에 두고 나는 은행나무 아래에 무릎을 꿇는다.

어디선가 구급차 사이렌 소리가 들린다. 소리는 도시의 광장을 돌아서 삼거리를 지나 점점 가까이 다가오고 있다. 나는 은행나무를 잡고 일어나서 저만치 앞에 보이는 자동차를 향해 주차장으로 걸어간다. 그 와중에 캄보디아로 여행 가는 딸에게 얼마쯤 경비를 보태 줘야겠다는 생각이 든다. 환하게 켜져 있는 핸드폰의 화면이 마치 손전등 같다.

날개와 몸통의 무늬가 금방이라도 날아오를 것처럼 섬세하고 정교하다. 여섯 번째 나비는 엄지손톱 크기의 파란 나비다. 나는 나비를 주문하면서 은종에게 파란 나비 사진을 한 장 보여 주었다.

"이 사진의 나비처럼 만들어 줘."

나무젓가락 같은 내 집게손가락이 음모 바로 위를 가리켰다. 하얗고 노란 나비와 반 뼘 정도 떨어진 자리였다. 고개를 숙이고 있는 내 눈에 두툼하게 접힌 뱃살이 들어왔다. 하얀 나비와 노란 나비는 접힌 뱃살 사이에 들어 있었다. 은종은 왜 다섯 번째 나비와 여섯 번째 나비 사이를 비어 놓는지 묻지 않고 배꼽 위의 나비들과 뱃살 속에 들어 있는 하얀 나비와 노란 나비를 보았다. 다섯 번째 나비가 허물을 모두 벗고 제대로 자리를 잡았다고 했다. 다섯 번째 노란 나비는 두 달 전에 만들었다.

두 번째 호랑나비가 배꼽 위에 자리 잡던 날이 떠올랐다. 하루 종일 쓰이지 않는 글을 붙들고 끙끙대다 해가 지고 나서야 작업실을 나왔을 때 내가 생각한 것은 남편이 있는 집이 아니라 나비였다. 몸속 깊숙이 통증을 새겨서 지친 나를 깨우고 싶었다. 그 기분은 첫 번째 나비를 새길 때와 달랐다. 나는 칡넝쿨을 잡고 절벽에 매달린 심정이었다. 글을 쓰고 사는 것이 그랬다. 은종은 그런 내 배에 호랑나비를 만들어 주고 하루를 마감했다.

"처음에 여기서부터 시작할 걸 그랬어. 그래도 뭐 괜찮아. 여기를 시작하는 곳으로 만들면 되겠지."

나는 파란 나비의 날개에 붙은 음모 한 가닥을 떼어 내며 말한다.

"이게 끝이 아니었어요?"

바늘을 정리하고 은종이 묻는다.

"그건 모르지. 글이 막히면 또 혈을 뚫어야 하니까."

나처럼 두 달에 한 번 혹은 세 달에 한 번 찾아와서 같은 부위에 같은 종류의 타투를 하는 사람은 없었다. 사람들은 대부분 수국이든 새든 한나절이나 하루에 걸쳐서 한 번에 끝을 내고 간다는 것이다.

"혹시 나비 떼를 생각하고 있어요?"

애당초 나는 나비 떼를 생각해 본 적이 없었다. 내 몸의 중심부에서 비상하는 나비 떼라니…. 내 삶은 비상이라는 단어와 거리가 멀었다. 나의 하루하루는 늘 무거웠다.

"무슨 말을 하고 싶은지는 알겠는데 내 나비는 한꺼번에 날아오르지 못해. 그럴 수가 없어."

은종은 타투 머신을 정리하며 나를 쳐다보았다.

"어차피 한꺼번에 할 수도 없어요."

나는 살갗에 발라진 마취제의 마취가 풀리지 않아 얼얼한 배 위로 원피스를 걸쳤다. 노트북을 노려보는 것 말고는 아무것도 한 것이 없는데 길고 긴 하루였다는 생각이 든다. 은종의 타투 머신이 지나간 것처럼 머릿속이 뜨겁다. 어느 땐가부터 막힌 생각에 자극을 주고 싶어서 은종을 찾아가기 시작했지만 머리에 차오르는 열기가 여느 때와 다르다. 은종은 나를 흘깃 한 번 쳐다볼 뿐 더 이상 아무런 말이 없다. 여전히 밀리터리룩 차림인 은종은 육감적인 몸과 다르게 눈빛이 서늘하고 깊다.

은종을 처음 만난 곳은 전시회장이었다. 대학 선배가 나를 은종의 전시회에 데려갔다. 은종의 생애 첫 전시회에서 나는 그녀의 옷차림과 몸매를 보고 은종이 꽤 분방한 사람일 거라고 생각했다. 임신 4개월의 여자가 쉽게 입을 수 없는 밀리터리룩 위로 드러난 몸매가 선정적이었다. 신고 있는 군화는 은종을 단단해 보이게 했고 립스틱만 발랐을 뿐인데도 화려한 얼굴이 한 송이 칼립소를 연상하게 했다. 거기다 웃을 때마다 초승달이 되는 눈과 비음이 섞인 목소리에 교태가 흘렀다.

나를 은종의 전시회에 데려간 선배는 미술비평을 하고 있었는데 은종의 첫 전시인 도록에 서평을 썼다고 했다. 전시 리뷰를 쓰는 것이 내 몫이었다. 선배가 전시 오프닝에 열중해 있는 동안 난 은종의 전시 작품들을 감상했다. 작품은 볼수록 답답한 느낌이 들었다. 화면이 너무 치밀했고 구성이 독특했다. 전시회 작품은 선배에게 들었던 은종의 과거 작품과 너무도 달랐던 것이다. 나는 은종과 작품을 번갈아 보며 사면의 벽에 걸린 작품들이 정말 은종의 작품일까 하고 생각했다.

은종의 작품은 판화라고는 믿어지지 않을 정도로 섬세하고 정교했다. 판화를 모르는 사람이 보면 0.5mm펜으로 그렸다고 생각할 수도 있는 선으로만 표현된 작품이었다.

정글이었다. 한 명의 여자가 머리를 길게 늘어트린 채 온갖 종류의 잡목 사이에 알몸으로 서 있었다. 나무들의 사이사이에는 호랑이와 사자, 표범 같은 맹수들이 몸을 가린 채 날카로운 발톱을 보이거나 숨기고 있는 그림이었다. 알몸의 여자가 왜 정글 안에 서 있는 것인지 사람들은 알고 싶어 하는 눈빛이었다. 하지만 은종은 작품에 대한 설명을 하지 않았다. 보고 느끼는 대로 상상하면 돼요. 그것이 그림이니까요. 그날 은종에게 그림에 대해 물어본 사람은 나뿐이었다.

그날의 전시회가 은종의 첫 전시회이자 마지막 전시회였다. 은종에게 두 번 다시 전시회를 가질 기회는 찾아오지 않았다. 아이를 낳자마자 화가로서 은종의 삶은 끝나 버렸다. 은종의 삶만 예고 없이 바뀌는 것은 아니었다. 누구의 삶이든 갑작스러운 국면에서는 예고편이 없었다. 대부분의 사람들은 삶이 갑자기 바뀌면 가장 먼저 울음부터 터뜨렸다. 하지만 은종은 어떤 예고도 없이 갑자기 세상을 떠나 버린 남편 앞에서 화내거나 울지 않았다. 은종은 갓 태어난 아이를 안고 어느 날 갑자기 바뀐 삶을 향해 비아냥거렸다.

"다 데려가라 그래. 나는 끝까지 잘 살아 낼 거야."

나는 은종을 이해할 수 없었다. 은종을 이해하지 못하는 것은 내 문제였다. 은종이 화를 내거나 울게 만들지는 못했다. 내 문제는 백수 남편과 학자금 대출을 갚지 못하고 있는 딸이었다. 남편은 집에 있어도 있는지 없는지 알 수 없는 사람이었고 딸은 아직도 미술관의 인턴이었다. 4년 동안 대학을 다니고 또 2년 동안 대학원을 다녔는데도 딸에게 돌아오는 정규직 자리는 없었다.

　시간이 꽤 된 줄 알았는데 아직 해가 많이 남아 있다. 은종은 왼손을 들어 시계를 본다. 핸드폰만 열면 시간을 확인할 수 있는데도 은종은 꼭 시계로 시간을 확인한다.

　"서두르면 은행 마감 시간 안에 도착할 수 있겠어."

　은종은 내게 손을 들어 보이고 자동차에 오른다. 출고된 지 3년 된 은회색 자동차가 주차장을 먼저 빠져나간다. 나는 은종의 차가 도로의 자동차 대열에 낄 때까지 지켜본다. 은종은 딸의 보육료를 송금하기 위해 은행으로 가고 있다. 손가락만 움직이면 송금이 되는 스마트뱅킹을 이용하지 않는다. 직접 돌보지 못하는 딸에 대한 미안함 때문에 불편을 감수하고 산다. 한 달에 한 번 일찍 일을 마치고 은행에 갈 때 은종은 타투를 하고 있는 것처럼 얼굴이 붉다.

　장애인 보육 시설에 있는 은종의 딸은 이제 열네 살인데 백이십 킬로그램의 거구다. 앞으로도 얼마나 더 살이 찔지 알 수 없다고 했다. 겨우 열네 살에 백이십 킬로의 몸집이 됐지만 은종의 딸은 첫돌을 지난 아이 같다. 아이에게는 먹고 싸는 본능밖에 없다. 말도 하지 못하고 듣지도 못한다.

　"두 그릇이나 먹었잖아. 이제 그만 먹어."

　맨손으로 밥을 집어 먹는 아이에게 은종이 할 수 있는 일이라곤 고작 밥그릇을 뺏는 일이었다. 아이가 듣지 못하고 말을 하지 못해도 은종은 아이에게 말을 걸었다.

　"많이 먹었지? 그러니까 조금 있다가 또 먹자."

밥그릇을 뺏거나 밥을 더 주지 않으면 아이는 그 자리에서 버둥거리며 똥과 오줌을 쌌다. 굵은 나무토막 같은 팔다리를 휘저으면 식탁 위에 남아 있던 반찬과 빈 그릇들이 사방으로 날아갔다. 들리지도 않고 말을 할 수도 없는 아이가 할 수 있는 표현이라고는 손과 발로 던지고 차고 부수는 일이 전부였다. 식탁 주변과 거실 대부분의 벽이 반찬 국물로 얼룩겼다. 오랫동안 은종의 집에서는 여러 가지 반찬 냄새가 뒤섞인 찝찔한 냄새가 떠다녔다. 은종은 딸을 장애인 보육 시설에 보내고 나서 거실 도배를 다시 했다.

나는 은종의 차가 사라진 도로를 바라보며 자동차의 시동을 건다. 마취 기운이 사라진 자리로 제법 욱신욱신한 통증이 찾아든다. 노트북 앞에서는 막혔던 생각들이 신기하게 걷잡을 수 없이 떠오른다. 숄더백을 뒤졌지만 메모할 것이 아무것도 없다. 그제야 원고 한 편을 붙잡고 며칠째 낑낑대다 무작정 백 하나만 달랑 들고 작업실을 나섰다는 것을 깨닫는다.

횡단보도 앞의 파란불이 켜지자 신호를 기다리던 차들이 밀물처럼 밀려간다. 나는 도로를 달리는 자동차들을 보며 앞뒤 없이 떠오르는 문장과 단어들을 곰곰이 되새긴다. 작업실로 돌아갈 때까지 잊어버리지 않을지 걱정이 된다. 내내 잘 생각하고 있다가 막상 노트북 앞에 앉으면 머릿속이 하얗게 비어 있던 것을 여러 번 겪었기 때문이다. 이번만큼은 생각을 잊어버리지 않도록 서행을 해야 할 것 같다.

도로로 들어섰을 때 핸드폰이 울린다. 근무시간에는 전화를 잘 하지 않는 딸이 웬일로 전화를 다 했다.

"엄마! 나, 오늘 체했어. 점심 먹은 거 다 토하고 나 죽는 줄 알았어. 저녁에 죽 좀 끓여 줘."

다행히 사거리의 신호가 빨간불이다.

"뭘 먹었기에 체해?"

"그냥 밥 먹었어. 아, 맞다. 직원들 따라가서 육개장 먹었어."

딸은 밥을 빨리 먹지 못했다. 뜨거운 음식을 먹을 때는 더 느리게 먹었다. 날도 더운데 육개장을 먹었다는 걸 보니 나이가 있는 직원들을 따라간 모양이다.

"남기더라도 천천히 먹지 그랬어?"

"아깝잖아. 아, 전화 끊어. 또 화장실에 가야겠어."

뒤에서 경적 소리가 들린다. 딸의 전화가 끊어지고 삼 초도 지나지 않은 것 같은데 신호가 바뀌었다고 요란하게 경적이 울리고 있다. 놀란 발을 가속페달에 얹자 자동차가 튕기듯이 출발한다. 룸 미러로 후방을 살핀다. 빨간색 자동차가 낡은 내 차를 바짝 따라붙고 있다.

파란 나비를 새긴 자리가 욱신거린다. 멀쩡한 살갗을 바늘로 쑤셔 댔으니 아프지 않을 리가 없다. 얼핏 자해를 한 기분이 든다. 글이 써지지 않을 때마다 나는 은종을 찾아간다. 자청해서 바늘로 내 몸을 찔러 달라고 대가를 지불한다. 한두 달 걸러 은종을 찾고 있는 나는 곧 온몸이 나비로 뒤덮일지도 모른다. 그것을 알면서도 나는 글이 써지지 않을 때마다 은종을 찾아갈 수밖에 없다. 은종의 딸처럼 먹고 싸는 것밖에 생각하지 않는 남편과 아직도 정규직이 되지 못한 딸을 먹여 살려야 하니까. 어렸을 때 연필을 깎다 손가락을 베였을 때가 떠오른다. 그때는 내가 잘나가는 화가가 될 줄 알았다. 나는 사람들에게 인정받는 화가가 되고 싶다고 생각했다. 사범대에 가라는 아버지의 권유를 뿌리치고 미대에 들어간 나는 코피를 흘리고 다닐 정도로 그림을 그렸다. 하지만 나는 그림에 소질이 없었다. 내 그림은 교수나 과 친구들에게 혹평을 받았다. 대학을 다닐 때부터 촉망을 받았다는 은종과 달리 나는 4년 동안 혹평을 듣고 나서 글을 쓰는 쪽으로 지향하는 목표를 바꿨다.

내가 그림을 그리는 것에서 글을 쓰는 것으로 바꾸는 동안 여러 남자들이 내 곁을 스쳐갔다. 대부분 그림을 그리거나 조각을 하는 학교 선배나 동창이었는데 그들의 분방과 나의 보수적 관념이 부딪치면 그들은 미련 없이 나를 떠났다. 그들이 나를 대하듯 나도 그들을 대했다. 대학을 4년 동안 다니고도 그림을 그릴 수 없으니 글은 잘 쓰고 싶었다.

남편은 그 무렵에 만났다. 남편과 나는 성격이 비슷한 것 같으면서도 전혀 달랐다. 남편은 한 번 무너지면 다시 일어설 줄 몰랐고 매사 포기가 빨랐다. 또 어떤 것도 다시 시도하지 않았으면 않았지 왜 실패했는지를 되돌아보지 않았다. 밖에서는 문중 일에 목매고 집에서는 방 안에 틀어박혀 꼼짝도 하지 않고 고서들을 붙들고 사는 사람이었다. 나는 그런 남편과 도저히 함께 살 수 없을 것 같았는데도 어찌어찌 어렵게 살아 내고 있다. 가끔 나비를 한 마리씩 몸에 새기면서.

남편에게 결혼 이야기를 듣고 나서 나는 매사 미지근한 남자와 결혼을 할 것인지 말아야 할 것인지를 한동안 고민했던 것 같다. 그런데 남편이 어느 날 아파트 공사장에서 모래를 져 나르고 번 돈으로 노트북을 사 주었다.

바람이 북쪽에서 불어오던 늦은 오후의 카페에서 그가 내민 노트북을 보고 나는 막연하지만 석연찮은 어떤 예감을 느꼈다. 노트북을 묶고 있는 파란 리본 테이프가, 날개가 넓은 한 마리 푸른 나비로 보였다. 어쩌면, 나는 이 남자와 결혼하고 말겠구나. 살면서 이 남자에게 이런 선물은 두 번 다시 받을 수 없을 것 같았다. 그 예감은 틀리지 않았다. 왜 불길한 예감은 한 번도 틀리는 법이 없는지. 남편이 무너질 때마다, 더는 삶의 앞이 보이지 않을 때마다 나는 몇 번이고 죽고 싶었다. 딸에게 먹일 분유 한 통 살 돈이 없는데 만 원 한 장 빌릴 곳이 없다는 사실을 깨달았을 때 다리 난간을 붙잡고 오래 울었다. 그렇게 죽고 싶을 때는 살고 싶은 이유가 보이지 않았다.

서쪽으로 창문이 나 있는 작업실이 오후의 햇볕에 후끈하다. 에어컨을 켜고 컴퓨터 앞에 다시 앉았다. 하지만 은종의 작업실 주차장에서 떠올랐던 문장은 토씨 하나도 남기지 않고 사라져 버렸다.

커서만 껌뻑거리는 화면에 은행으로 달려가던 은종이 떠오른다. 은종이 판화를 접고 타투를 시작한 것은 먹고 싸는 것밖에 할 줄 아는 게 없는 거구의 아이를 키우기 위해서였다.

"처음 얼마 동안은 아이를 데리고 작업실에 나왔어요. 아이를 혼자 집에 놔둘 수 없으니까. 그런데 한 번 자동차에 태우려면 두 시간 정도는 아이와 싸워야 해요. 자동차를 타지 않으려고 하니까. 자동차에 갇히는 것 같다고 생각하는 모양이에요."

사실 그런 생각이라도 하는지는 알 수 없었다. 갑갑하다고 느끼는 것은 본능에 가깝다고 볼 수 있었다. 듣지도 말하지도 못하는 아이가 가진 본능의 힘은 무지막지하게 강했다. 은종은 자동차에 오르기도 전에 지쳤다. 살아온 날보다 살아갈 날이 아직도 더 많은데 삶의 초반에 힘이 다 빠져나간 것 같다고 했다. 삶을 향해 비아냥거리던 은종은 이제 더 이상 찾아볼 수 없었다.

은종은 자주 술을 마시고 내게 전화해서 푸념을 했다.

"날마다 짐승하고 싸우는 기분이에요. 내가 이 아이의 엄마인데 말예요."

나는 전화로도 은종의 기분을 충분히 이해할 수 있었다. 아이는 길들일 수 없는 짐승이었다. 아이의 지능은 제로였다. 세포가 모두 죽어버린 뇌에서 남은 것은 누구도 통제할 수 없는 식욕뿐이었다. 배설은 몸이 알아서 하는 일이었다.

그런 은종에게 나는 아무 말도 할 수 없었다. 언제부터 우리가 이런 내밀한 것까지 나누는 사이가 되었는지 모르겠지만 은종도 내 대답을 기다리고 하는 말은 아닌 듯했다. 나는 어떤 말도 해 줄 수 없어서 은종의 말에 그래, 그러겠다. 어떡하니, 정말? 이라는 말만 했다. 내가 한 말은 겨우 이것뿐인데도 은종은 하소연을 다하고 나면 흐흐하고 웃었다.

"그래도 내일이면 나는 또 저 아이를 데리고 일하러 가겠죠?"

은종이 이 말을 할 때면 전화를 끊어야 할 때가 다 되었음을 나는 직감으로 알아차렸다.

"그만 자. 자야지 내일 또 아이하고 싸울 수 있을 거 아냐?"

"그럼요, 그럼요. 내일 또 전화할게요."

전화를 끊을 때마다 은종은 내일 또 전화하겠다고 했지만 다음 날 전화한 적은 거의 없었다. 은종은 참을 수 있을 때까지 참다가 더 이상 참을 수가 없을 때 전화했다.

나는 은종이 전화를 하고 나면 글을 쓸 수 없었다. 은종이 하루 이틀 그런 전화를 하는 것도 아닌데 한동안 집중이 되지 않았다.

나는 은종이 부러웠다. 이상 징후 한 번 보이지 않은 채 꺾여 버린 삶을 받아들이고 순응하는 은종이 놀라웠다. 말을 하지 않으니 속내야 알 수 없지만 나는 은종의 적응력이 부러웠고 가끔 내가 부끄러웠다. 나는 은종처럼 잃은 것이 없었다. 비록 그림자처럼 살고 있을 뿐이나 남편은 멀쩡하고 호시탐탐 정규직을 넘보는 딸은 지나치게 의욕적이었다. 그런 내가 죽겠다고 죽고 싶다고 다리 난간을 붙들고 몇 번이나 시커먼 강물을 향해 울다 돌아왔다.

화면의 중앙에서 껌뻑이는 커서가 진파를 탐지하는 핸드폰의 불빛 같다. 내 머리에서 나오는 뇌파가 화면에서 깜빡이고 있는 듯하다. 파란 나비는 조용하다. 더 이상 욱신거리지 않는다. 나는 은종의 주차장에서 아랫배를 만지던 기억을 떠올린다. 파란 나비의 생각은 그곳에서 떠올랐고 빨간색 차 때문에 잊어버렸다. 빨간색 차를 생각하는 순간 잊어버린 문장들이 다시 떠오른다. 나는 머릿속에 떠오르는 문장들을 좇아서 자판을 두드린다. 글을 쓰는 동안 은종은 떠오르지 않았다.

은종이 보육료를 송금하고 집으로 돌아가서 통닭에 맥주를 마시고 있을 시간에 나는 딸에게 먹일 죽을 끓인다. 딸은 하얗게 질린 얼굴로 다시마와 멸치 육수에 애호박과 당근과 파를 넣어 끓인 죽을 들고 선풍기 앞에 앉는다.

"엄마! 나 미술관 그만 때려치울까 봐."

나는 압력 밥솥에 쌀을 안치다 말고 딸을 물끄러미 바라본다.

"한나절 동안 화장실에서 육개장을 토해 내면서 그 생각했니?"

딸은 죽을 한 숟갈 떠서 선풍기 앞으로 내밀어서 식힌다.

"아니. 이 생각한 지 한참 됐어."

"왜 그만두려는 건데?"

"아무리 해도 정규직 되기는 힘들 것 같고…. 이대로 참고 견디면 계약직 인생밖에 안 될 것 같아서."

"미술관 관두고 나서는 뭐 할 건데?"

"일단 캄보디아에 가서 앙코르와트를 보겠어. 뭐 할 건지는 앙코르와트를 보고 나서 생각할 거야."

압력 밥솥의 추가 울리기 시작할 때 현관에서 비밀번호 누르는 소리가 들린다. 나는 찌개 간을 보고 나서 딸을 보지 않고 말한다.

"그래, 잘 다녀와. 쉴 때도 됐지. 근데 여행은 네 돈으로 가라. 나는 못 보태 준다."

딸이 급하게 죽을 삼키고 대꾸한다.

"엄마! 내 친엄마 맞아?"

하루 종일 문중 사람들을 만나고 온 남편이 어리둥절한 표정으로 나와 딸을 번갈아 보다가 방으로 들어간다.

"계모 같다. 왜 캄보디아로 여행을 가는지 묻지도 않고 돈도 안 준다니."

맞다. 보통의 엄마라면 딸이 직장을 그만둔다고 말할 때 이렇게 남의 일 대하듯 덤덤하게 말하지 않을 것이다. 그만두는 이유를 알고 싶어 할 것이고, 아이의 심경을 헤아려 보려고 이런저런 말을 물어볼 것이다. 수많은 여행지 중 왜 캄보디아인지 이유도 알고 싶어 할 것이다.

아빠! 하고 소리치는 딸을 보면서 미술관을 그만둔다는 딸을 걱정하지 않아도 되겠다는 것을 깨달았다. 딸은 백칠십오 센티미터에 오십이 킬로였고 고기를 좋아하지만 살이 찌는 것을 극도로 혐오하는 유형이었다. 여행지로 정한 캄보디아는 킬링필드의 현장을 찾기 위해서일 것이다. 딸은 국가폭력과 인권유린에 관심이 많았다. 미술관에서 학예사로 존중받는 시간보다 인권유린과 언어폭력이 더 많았다는 것을 나는 알고 있었다.

말은 하지 않았지만 난 늘 남편에게 화가 나 있었다. 한때는 이런저런 일을 했지만 문중의 족장이 되면서부터 돈 버는 일을 하지 않았다. 남편이 돈을 벌지 않게 되면서 나는 이런저런 잡글과 스토리텔링으로 세 식구의 생활을 꾸려 나갔다. 그러는 사이 처음 글을 쓸 때 생각했던 미술 에세이는 뒷전으로 밀려나 버렸다. 내가 꿈꿨던 것들은 사는 일에 치여서 내게 너무도 낯선 것이 되었다. 그러니 내가 화를 내야 할 대상은 남편이 아니라 나였다. 사실 사는 일이 바빠서 하고 싶은 일을 할 수 없었다는 것은 핑계인지도 몰랐다. 그만큼 나는 절박하지 않았던 것이다.

이런 나를 생각하는 순간마다 은종을 떠올리지 않을 수 없었다. 생각하려고 한 적은 한 번도 없는데 백이십 킬로의 몸을 가진 딸을 키우기 위해 제 작품을 걸어 놓고 타투를 하는 은종이 떠올랐다.

늦은 저녁에 나는 다시 작업실에 나와서 컴퓨터를 켠다. 딸이 약을 먹고 잠든 것을 보고 나왔다. 내가 집을 나설 때 남편은 문중 사람들과 통화 중이었다. 통화는 대부분 고래고래 소리를 지르는 것이었다. 백여 년 전에 죽은 그 어른이 무덤 속에서 벌떡 일어날 일이라고. 고양이한테 생선을 맡긴 격이었다고. 이때만은 남편이 그림자처럼 느껴지지 않았는데 그런 남편의 통화는 내가 현관을 나올 때까지도 끝나지 않았다.

남편의 전화 통화는 아침마다 나를 깨웠다. 문중의 노인들은 아침 일찍부터 남편에게 전화를 걸었다. 귀가 어두운 문중 노인들과 통화를 하는 남편의 목소리는 안방까지 들렸다. 그렇게 문중 노인들과 통화를 하는 것으로 남편은 자신의 존재를 입증하는 것 같았다.

쓰다 만 글은 생각보다 쉽게 풀려 나간다. 파란 나비의 효과가 있긴 있는 모양이다. 하지만 내 아랫배에 있는 파란 나비는 잠잠하다. 브라질에 있는 나비가 날갯짓을 하면 미국에 토네이도가 일어나지만 내 아랫배의 나비는 살갗 속으로 깊이 스며서 뇌세포를 일깨우는 것이다.

글은 새벽 3시가 되어서야 모두 끝났다. 열흘 넘게 끙끙 앓아서 한 달 치 생활비를 벌었다. 다음 달은 미리 당겨서 생각하지 않기로 한다. 노트북을 덮고 창밖을 본다. 자동차들의 불빛이 도로를 질주하고 공원 꼭대기에 있는 타워의 불빛이 점멸하고 있다. 사방이 조용하다. 다른 작업실 사람들이 집에 일찍 들어가고 없어서 5층에는 나 혼자뿐이다.

나는 새벽의 빛이 먼 어둠 속에서 점점 가까이 다가오고 있는 것을 느낀다. 은종은 한참 깊은 잠에 빠져 있을 것이다. 타투가 꽤 집중을 요구하는 일이라서 은종은 새벽잠이 깊게 들면 누가 업어 가도 모를 정도라고 했다.

"난, 어쩌면 새벽에 잠을 자지 않을 수 있는지, 새벽까지 일을 할 수 있는지 이해할 수 없어요. 아침이 되기 전까지는 잠을 자는 시간이지 일을 하는 시간이 아니죠."

새벽 4시까지 글을 쓰고 난 다음 날 비몽사몽하는 나를 보고 은종은 쯧쯧 혀를 찼다. 은종은 항상 아침 9시부터 일을 시작해서 저녁 7시가 되면 모두 마쳤다. 물론 예외가 있는 날도 있었는데 그때는 내가 늦게 은종을 찾아갈 때였다. 그런 날은 바깥의 어둠에 더욱더 밝아진 불빛 아래 은종의 판화들이 한층 선명하게 보였다. 사진이나 세밀화라고 해도 믿을 만큼 섬세하고 정교한 그림을 보면 은종이 그림을 접던 날이 떠올랐다.

은종의 남편은 철로 보수 작업을 하다가 후진하던 전동차에 치여 죽었다. 은종이 아이를 낳으러 병원에 간 날이었다. 한여름 땡볕 아래서 은종의 남편은 로드킬을 당한 짐승 같았을 테지만 마지막 모습을 전해 준 사람은 아무도 없었다. 전동차는 후방 카메라도 없었고 후방 감지 센서도 없어서 전동차 기사는 속수무책이었다고 했다. 그런 남편의 소식을 은종은 아이를 낳고 나서 들었다. 24시간 동안 진통을 한 끝에 겨우 아이의 머리가 보이기 시작하고도 아이는 쉽게 세상으로 나오지 못했다. 마치 불행한 소식을 미리 알기나 한 것처럼. 의사는 산도가 너무 좁아서 아이가 산도를 빠져나오는 시간이 너무 오래 걸린다고 걱정했다.

하지만 아이의 첫울음 소리에서는 아무런 이상 징후도 느낄 수 없었다. 아이는 여느 아이와 다르지 않았다. 배고프면 울었고 젖을 먹으면 잠을 잤다. 아이의 이상 징후는 아이가 백일이 지나면서부터 나타나기 시작했다. 은종과 눈을 맞추지 못했고 요람 위에 매달아 놓은 나비를 보고 웃지 않았다. 몸을 뒤집고 기어 다니는 것도 돌이 지나서야 겨우 했다. 그런 아이를 보고 은종은 처음으로 절망이라는 것을 느꼈다. 아이를 낳은 뒤 남편이 철로 위에서 죽었다는 말을 듣고도 울지 못한 은종은 자기 아이가 다른 아이들이 걷고 뛰어다닐 때 겨우 몸을 뒤집고 기어 다니는 것을 보고 울었다.

그때 은종은 아이를 죽이고 싶다고 했다. 결국 제 몫의 삶을 살 수 없는 아이일 거라고 단정했다. 은종은 아이를 묶어 놓고 먹을 것을 주지 않았다. 돌이 될 때까지 몸도 뒤집지 못하던 아이는 눈을 까뒤집으며 울었다. 김치를 담아 들고 은종의 아파트를 찾은 은종의 엄마가 아이를 풀어서 밥을 먹였다.

"다 네 업이다. 네 업을 그렇게 모질게 보내면 너는 더 큰 업을 쌓는 것이다."

은종은 눈을 꾹 감고 엄마의 말을 들었다.

"그럼, 내가 이 아이와 함께 가는 것은 어때?"

엄마가 은종의 등짝을 사정없이 후려쳤다.

"미친년! 그것을 말이라고 하는 거냐?"

은종은 울었다.

"죽어서 평안이 살아서 고통보다 더 낫지 않은 것이다. 이 아이는 네 숙제이니 부디 끝까지 잘 마쳐라."

사는 것이 그 지경인데도 은종은 그림을 버리지 않았다. 처음 미대에 갈 때부터 평생 그림을 떼어 놓고 살 수 없다고 생각했다. 작업실에 데려간 아이가 자는 틈틈이 동판을 긁고 부식시키고 판화를 찍었다. 엄마가 그런 은종을 보고 한숨을 쉬기는 했지만 언제부터인가 엄마도 그림을 포기하지 못하는 은종을 이해했다. 은종에게 끊임없이 긁어 대는 동판은 삶의 마디마디였고 사자와 호랑이와 그 밖의 동물들 사이에서 알몸으로 서 있는 여자는 바로 자신이었다. 은종의 삶은 정글이었다.

은종은 아이가 열두 살이 될 때까지 판화 작업을 했고 아이를 키우는 것 외에는 아무 일도 하지 않았다. 아이 때문에 다른 일을 할 수도 없어서 남편의 사망 보상금으로 아이를 키우고 살았다. 은종은 아이에게 아무것도 가르치지 않았다. 아이는 먹는 것 말고는 갖고 싶어 하는 장난감도 없었고 입고 싶어 하는 옷도 없었다. 배고플 때 아니면 울지도 않았다. 갖고 싶은 것이 없어서 아이의 얼굴은 세상 해맑고 천진해 보였다. 은종은 아이를 통해서 처음으로 천사를 보았다.

아이가 열두 살이 될 때까지, 그러니까 아이가 생리를 시작하기 전까지는 아이를 감당할 만했다. 좀 더 정확하게 말하면 다섯 살까지는 아이를 안고 다닐 만했고 그럭저럭 키울 만했다. 아이는 생리를 시작하면서부터 괴물로 변했다. 마치 생리가 시작되기를 기다린 것처럼 살이 걷잡을 수 없이 불어났다. 은종의 딸은 볼 때마다 몸집이 커져 있었다. 보이지 않는 존재가 아이의 몸에 바람을 집어넣는 것 같았다. 은종의 아이는 음식이 보이기만 하면 닥치는 대로 쉴 새 없이 먹고 끊임없이 살쪘다. 은종은 그런 아이가 기막혔다. 뇌는 다 죽어서 텅 빈

몸뚱이가 꼴에 여자가 되었다고 생리를 하는 아이 앞에서 어쩔 줄 몰라 했다.

"어떻게 해요? 아이가 사방에 피를 흘리고 다녀요. 똥오줌도 못 가리는 아이가 생리를 한다니까요…. 왜 그런 것은 뇌가 죽을 때 죽지 않았을까요?"

은종에게 하소연을 들은 나는 내 딸이 사방에 피를 흘리고 다니는 것처럼 난감하게 느껴졌다. 하지만 몸은 킹콩처럼 비대하고 머리는 뇌가 다 죽어서 비어 있으며 먹을 것만 보면 닥치는 대로 먹어 치우는 아이는 내 딸이 아니라 은종의 딸이었다. 내가 그런 불행에서 열외가 되었다고 해서 다행이라는 생각은 할 수 없었다. 내 딸이 은종의 딸처럼 비대하지 않고 뇌가 다 죽어 있지 않다고 해서 내 삶도 만만한 것은 아니었다.

은종은 아이를 데리고 어딘가로 이동해야 할 때 가장 곤혹스러워했다. 병원에 데려갈 때. 혹은 작업실에 데려갈 때. 은종은 아이와 두 시간 이상 씨름을 해야 했다. 은종은 힘으로 아이를 감당할 수 없었고 은종의 아이에게 통하는 말은 이 세상에 없었다. 몸이 급격히 비대해지고 뇌가 죽어 있으며 말이 통하지 않는 아이는 괴물이었다.

"여기까지가 내 한계인가 봐요. 더는 이 아이를 어떻게 할 수가 없어요."

결국 은종은 아이를 장애인 보육 시설로 데려갔다. 생리하는 아이를. 어떤 말도 통하지 않는 아이를. 어떤 힘으로도 감당이 안 되는 아이를. 보육 시설에서는 다 자라서 생리까지 하는 아이를 그냥 받아 주지 않았다. 은종은 아이를 맡기기 위해서 말라 버린 눈물까지 다 짜내고 아이에게 이천만 원을 묶어 주었다. 남편의 사망 보험금을 탈탈 털어서 아이에게 묶어 주고 나자 은종은 통장에 잔고 한 푼 없는 빈털터리가 되었다. 다달이 보육 시설로 보내야 하는 돈까지 생각하면 오히려 빚쟁이라고 해야 맞았다.

은종은 딸을 보내고 텅 빈 집에서 섬 집 아기라는 동요를 불렀다.

은종이 아이를 보육 시설로 보낼 무렵쯤에 남편의 마지막 사업이 최후의 어음 한 장을 막지 못해 부도가 났다. 그 뒤 남편은 다시 일어서 보려는 어떤 시도조차 하지 않았다. 먹고 자고 고서만 뒤적이는 남편은 사회 부적응 장애 일급은 거뜬히 나올 것 같았다. 실제로 세 식구의 생활에 균열이 생겼다. 고등학교에 진학한 딸의 납부금은 매번 납부 기한을 넘겼고 학원을 다닐 수도 없었다. 먹을 것이 넘쳐흐르는 세상에서 쌀이 떨어지고 통장의 잔고가 바닥이 났다. 나도 장애 판정을 받을 것 같았다.

나는 은종의 아이를 떠올리자마자 일거리를 찾으러 다녔다. 대학 선후배와 지인을 가리지 않았다.

만나는 사람마다 뜻밖이라는 얼굴로 내게 물었다.

"갑자기 왜 이렇게 사람이 극성스러워졌어? 원래 그런 사람이 아니잖아."

"왜 갑자기 돈독이 올랐어? 돈 벌어서 뭐하려고 그래?"

나는 내 상황을 굳이 설명하지 않았다. 하지만 나는 그렇게 말하는 사람들을 이해했다. 기분 좋은 이해는 아니었다.

문제는 내게 있었다. 아버지는 우리 네 자매가 어렸을 때부터 싸구려 옷이라도 단정히 입고 머플러와 가방을 바꿔 들고 다니라고 습관처럼 말했다. 또 사생활을 주변에 까발리지 말라는 당부도 했다. 나와 언니와 동생들은 시청 공무원이었던 아버지가 한 번도 옷을 대충대충 입고 다니는 것을 본 적이 없었다. 아버지는 담배 한 갑을 사러 갈 때도 트레이닝 복을 입지 않았고 슬리퍼를 끌고 다니지 않았다. 나와 언니와 동생들은 아버지의 말을 충실하게 따랐다. 옷을 대충대충 입고 다니지 않았고 밥을 먹을 때도 젓가락과 숟가락을 함께 들지 않았다. 그러니 이런 나를 보고 사람들이 오해하는 것도 무리는 아니었다. 나는 처음으로 아버지가 원망스러웠다. 사실 내가 입고 있는 옷은 저가였고 내 지갑은 텅 비어 있었는데 나는 그것을 말할 수 없었다.

나는 전원을 끈 컴퓨터 화면에 비친 나를 들여다본다. 내가 입고 있는 옷은 컴컴한 컴퓨터 화면 속에서 무채색으로 보인다. 실제로는 감청색 원피스인데 컴퓨터 화면에서는 검은색 원피스로 보이는 것이다. 아침에 입고 나왔던 회색 원피스는 세탁기에 넣어 두고 나왔다.

시계가 새벽 4시를 가리키고 있다. 도로를 달리는 불빛이 눈에 띄게 줄어들었다. 타워의 불빛은 여전히 점멸 중이다. 글 하나를 끝내는 동안 겹겹이 쌓인 피로에 내 머릿속도 점멸하고 있는 것 같다. 나는 컴퓨터 화면을 닫고 안경과 핸드폰과 수첩을 빨간색 가방에 담는다. 빨리 집으로 돌아가서 뜨거운 물로 몸을 씻고 싶은 생각뿐이다. 남편과 딸은 각각 작은방과 거실에서 깊은 잠에 곯아떨어져 있을 것이다.

"앗, 아악!"

의자 팔걸이 끝에 부딪친 곳이 하필 파란 나비가 앉아 있는 곳이다. 순간 평온하게 가라앉았던 통증이 폭발하듯 재빠르게 전신으로 퍼진다. 눈물이 났다. 이렇게까지 하고 살아야 하나, 화도 난다. 은종이 판화를 접고 타투를 시작하던 날이 떠오른다. 아마 은종도 나처럼 생각했을 것이다. 꼭 이렇게까지 해서 살아야 하나. 처음 나비를 새기러 간 날 은종의 얼굴이 딱 그런 표정이었다.

"엄마가 숙제를 잘 마치라고 했거든요. 나는 지금 숙제를 하고 있는 중이에요."

은종은 판화 도구들을 두 평의 빈방에 모두 넣어 두었다고 했다. 언제 그것들을 다시 꺼내서 판화를 할 수 있을지도 모르니까 차마 버릴 수는 없었다고.

판화는 은종을 살아가게 하는 무엇이었다. 전시회도 반응이 좋았다. 하지만 남편이 죽었고 남편의 사망 보험금이 바닥났고 아이에게 돈은 무한정 들어갔다. 은종의 숙제는 뇌가 질식해 죽어 버린 거구의 아이를 돌봐 주도록 돈을 버는 것이었다. 보나마나 은종은 숙제를 다 마치지 못할 터였다. 별다른 일이 없는 한 아이가 은종보다 먼저 죽을 일은 없을 것이었다.

나는 은종이 숙제를 하는 동안 대기실에 걸린 은종의 작품을 보았다. 은종의 작품은 질산액으로 동판을 부식시켜서 만드는 에칭과 판면을 긁어서 작품을 나타내는 드라이포인트를 모두 사용하고 있었다. 렘브란트의 작품이 떠올랐다. 은종이 타투를 하면 저렇게 하겠구나 싶었다. 은종이 일을 하는 곳의 대기실은 분위기 좋은 카페 같았다. 〈천일의 앤〉 같은 옛날 영화의 주제음악이 흐르는 가운데서 아메리카 커피를 마실 수 있고 잡지뿐이지만 책도 볼 수 있었다.

"너무 무리해서 시작한 거 아니야? 여기서 아메리카노 커피를 마실 수 있으리라고는 생각도 못 했는데…."

두 달인가 석 달인가 짧은 시간 동안 타투를 배운 실력치고는 손님들의 반응이 괜찮았다. 마지막으로 삼십 대 초반의 남자가 만족한 표정을 지으며 나갔을 때 나는 딜리코 홈바리스타를 가리키며 은종을 보았다.

"저건 언니가 선물했어요. 타투 공방은 엄마가 차려 줬고…. 다 빚이죠 뭐."

대기실 벽에 걸린 은종의 작품 중에서 오동통한 아이가 개집 앞에서 제 몸집만 한 개와 과자를 나눠 먹는 작품이 유독 눈에 들어왔다.

"쉽지 않았던 모양이구나. 판화를 접고 타투를 시작하기까지…."

은종은 내가 보고 있는 작품을 보며 말했다.

"결정을 내리기가 어렵지는 않았어요. 선택의 여지가 없었으니까요. 아이는 내 숙제잖아요. 나는 지금 숙제를 시작했어요."

은종의 남편이 죽었을 때 삶을 비아냥거리던 것을 보고 알고 있었지만 은종이 생각보다 삶의 이런저런 문제들을 시원시원하게 생각한다는 것을 깨닫고 나는 조금 놀랐다. 은종은 전시회 한 번 하고 판화를 때려치우게 된 것에 대해 미련을 두는 말조차 하지 않았던 것이다.

은종의 일이 끝난 줄 알면서도 나는 은종에게 나비를 주문했다.

거리에 나서면 열 명 중 서너 명은 타투를 하고 있었다. 손톱보다 작은 무늬에서부터 등판 전체와 팔뚝과 종아리 할 것 없이 타투는 거리를 누비고 다녔다. 여름이면 타투는 더 눈에 띄었다. 나는 거리를 지날 때 사람들의 타투를 오래 눈여겨보았다. 멀쩡한 살갗에 새기는 타투가 인생에 무슨 의미가 되는지 알 수 없었다. 하찮은 삶도 장미를 새기면 활짝 꽃피울 수 있게 하는 것인지.

대개 타투를 하는 사람들은 마음에 새기고 싶은 것들을 표현하고 싶어서 하는 듯했다. 아니면 잊지 않거나 고통을 기억하기 위해 타투를 하는 경우도 있었다. 나는 전자도 후자도 아니었다. 그냥 남편이 그림자로 살기 시작하면서 생활에 균열이 생긴 것 정도는 아무것도 아니라고 생각하고 싶었다. 처음 타투 머신을 볼 때 치과에 갔던 기억이 났다. 의사는 충치 먹은 치아를 뽑기 전에 마취 주사를 잇몸에 놓았다. 나는 입을 벌릴 때부터 엄지손톱을 집게손가락에 박아서 주삿바늘이 주는 공포와 아픔을 이겨 냈다. 그때 나는 타투를 그렇게 생각했다.

은종은 배꼽 위에 하얀 나비를 만들어 주었다. 샤워를 하다가 물에 젖은 거울에 비친 알몸을 볼 때 조금은 위로가 될 거라고 했다.

두 번째 노란 나비를 하얀 나비 아래 타투 할 때는 나비만 보이게 될 것이라고 말했다. 나비를 보는 동안 현실을 잠시 잊게 될 거라고. 나비처럼 날아가고 싶은 꿈을 꾸게 될 것이라고.

하지만 나는 한 번도 나비처럼 날아가고 싶다는 꿈을 꾸지 않았다. 내 현실은 나비처럼 결코 가볍지 않아서 그런 꿈을 꿀 수 없었다. 대학을 다니면서 그림에 소질이 없다는 것을 깨닫고 그림을 접은 내가 할 수 있었던 일은 미술 관련 글을 써서 잡지사에 투고하는 일이었다. 일을 하겠다고 찾아 나섰을 때 처음으로 내게 주어진 일은 전시 리뷰를 쓰는 일이었고, 쓰는 일을 업으로 삼기 시작하자 자주 생각이 막혔다. 내게 타투는 생각에 혈을 뚫는 일종의 침 같은 것이었다.

원피스 자락을 들어 올려서 파란 나비를 들여다본다. 의자 팔걸이에 부딪힌 나비는 벌겋게 달아올라 있다. 벌건 자줏빛으로 변한 나비를 가만히 쓰다듬는다. 마치 불덩이를 만지는 것처럼 나비에 닿는 손끝이 뜨겁다. 다시는 남편이 일을 해서 돈을 가져다줄 일은 없을 것이다. 나는 앞으로도 얼마나 더 많은 나비를 내 몸에 새길지 알 수 없다.

　냉장고에서 보리차를 한 잔 따라 마시고 작업실을 나선다. 선선한 새벽 공기가 질주하는 자동차를 따라 요동친다. 작업실에서 마셨던 보리차가 배 속에서 쿨렁거린다. 먼 곳에서부터 어둠에 빛이 섞여서 다가오고 어둠 속에서 돋아나는 사물들은 에칭 기법일지도 모르겠다. 시간마다 다른 어둠의 농도. 주차장으로 가는 길을 드문드문 술 취한 사람이 지나고 새벽하늘의 어둠은 부드럽다.

소리

그림 이준석 作

그녀가 기르는 개의 이름은 말미잘이다.

왜 잠은 청각부터 깨어나는 것인지 잘 모르겠다. 소리를 느끼는 순간 눈을 뜨지 못한 상태에서도 잠은 깨고, 꾸고 있던 꿈이 재빨리 풀어지는 연기처럼 삽시간에 지워졌다. 그런 꿈은, 무슨 꿈인지 기억도 나지 않는 꿈이었다. 나는 그렇게 사라진 꿈 때문에 눈을 뜨지 못했다. 계속 잠을 자고 싶었지만 한 번 깬 잠은 다시 오지 않았다.

말미잘은 계속 완강하게 짖어 댔고 간병인의 목소리가 도마질 소리 사이로 말미잘을 어르고 있었다. 이 고층 아파트 꼭대기 층에서 말미잘이 저토록 짖는 이유는 두 가지뿐이었다. 누군가 낯선 사람이 찾아왔거나 아니면 베란다 난간에 앉은 새를 보았거나.

말미잘은 짖어 대며 온 집안을 돌아다니는 모양이었다. 냄비 뚜껑을 여닫는 소리, 팬에서 음식이 익는 소리들이 말미잘이 제공하는 소리와 함께 들렸다. 된장국 냄새와 굴비 굽는 냄새도 코끝에 와 닿았다. 아침을 짓는 소리는 부산했다. 하지만 누가 나가거나 들어오는 기척은 없다. 베란다 난간에 새가 앉아 있는 것 같지도 않았다. 나는 누워서 지내게 된 뒤부터 청각 신경만큼은 동물들만큼 발달했다고 자부해오고 있는 터였다. 그런 내 귀에 아무것도 잡히지 않는다면 신경과민일지도 모를 일이었다. 나는 내 집에 잠입한 인간을 이런 식으로 모른 체하고 싶었다.

사실 그녀가 외간 남자를 끌어들인다 해도 내가 할 수 있는 일은 전무했다. 인정하기 싫지만 누군가 먹여 주기 전에는 밥조차 먹을 수 없는 사람이 나였다. 이런 경우 고함은 망신이고 침묵은 치욕이니 함부로 아는 체를 할 수도 없을 것이었다. 그러니 그녀는 저 잡종 개부터 팔아 버리는 게 현명할 것이다. 하지만 나는 이런 생각을 그녀에게 말해 줄 수 없었다. 그건 내가 그런 그녀를 인정한다는 말이 되니까. 그러니까 나는 소리에 둔해질 필요가 있었다.

눈을 뜨자 천장의 꽃 무더기가 희미하게 눈에 들어왔다. 내가 그린 그림을 실사로 뽑아 천장에 붙여 주었던 그녀다. 난 소위 잘나가는 화가였다. 개인전은 물론이고 아트페어에서도 내 그림은 값을 막론하고 팔려 나갔었다. 사람들은 내 그림을 소장하고 싶어 내게 머리를 숙이곤 했었다. 매번 천장을 볼 때마다 느끼는 것이지만 여러모로 그녀는 배려심이 많은 여자였다. 몸집이 크고 힘이 좋은 간병인을 고용한 거나, 척추 측만인 나를 위해 높이가 30센티에 이르는 물침대를 제작한 것도, 내 눈높이에 맞춰 티브이를 설치한 것만 봐도 그랬다. 직접 내 옆에 누워 본 뒤 티브이 위치를 정한 사람은 그녀밖에 없었다. 나를 낳아서 키워 준 아버지도 어머니도 아니었다. 그녀는 누워서 나머지 평생을 살아야 하는 내 위치에서 진심으로 생각하고 근심해 주었다. 짧긴 했지만, 나는 그녀의 그런 진심을 믿었다.

마침내 그녀는 말미잘을 불렀다. 보나 마나 손에는 말린 양고기나 오리고기가 들려 있을 터였다. 나도 끊임없이 짖어 대는 개를 달래는 방법으로는 놈이 좋아하는 간식을 물리는 것이 가장 좋은 방법이라고 생각하고 있었다.

"말미잘! 앉아. …. 발! 또 이쪽 발! 옳지, 잘했어."

말린 고기 몇 점을 챙긴 개는 비로소 조용해졌다.

하지만 여전히 낯선 자의 기척은 느껴지지 않았다. 대신 거실에서는 티브이 소리가 나직하게 들려왔다. 아침에 티브이를 잘 보지 않는 그녀도 티브이를 켤 때가 다 있다 싶었다. 나는 내 방의 50인치 벽걸이 티브이를 바라보았다. 입 안도 텁텁했고 머리는 무겁게 느껴졌으며 얼굴과 목은 근질근질했다. 물도 마시고 싶었고 노릇노릇 구운 굴비도 먹고 싶었다. 아무것도 할 수 있는 게 없어서 살고 싶지 않은 삶인데 이상하게 식욕만큼은 변함이 없었다. 그러나 나는 그녀를 부르지 않았다. 굳이 부르지 않아도 조용하고 끈기 있게 기다리면 배려심이 많은 그녀가 티브이를 켜 주고 아침을 먹여 줄 것이기 때문이었다.

원래 그녀와 나의 관계는 기다리게 하고 기다리는 관계가 아니었다. 한 사람은 지시하고 또 한 사람은 그 말을 따르는 것이 우리의 관계였다. 두말할 것도 없이 지시자는 나였다. 내 지시에 따라 그녀는 물감이 엉켜져 엉망인 팔레트를 닦아 건조를 마쳐야 했고, 작업이 끝나면 완벽하게 작품 포장을 해 두어야 했다. 초대전이라도 있는 날이면 전시할 갤러리를 청소하고 디스플레이를 마쳐야 했고, 판매된 그림은 곧 실시간 배달을 뜻했다. 나는 말이 떨어진 순간 곧장 그 말이 행동으로 옮겨지기를 바랐고 옮겨지지 않으면 불같이 화를 냈다. 그때 그녀의 호칭은 '야!'가 되었다. '투이(Thuy)'가 아닌 '야'로 불릴 때 그녀는 얼굴이 발갛게 달아올랐고 몸놀림은 더욱더 빨라졌다. 전생의 직업이 의심될 정도로 한마디 반항이나 변명도 없는 그녀를 보면 의심은 때로 확신으로 바뀌기도 했다. 하지만 이런 우리의 관계는 내가 퇴원이란 걸 하면서 바뀌게 되었다.

나는 퇴원을 결정하기까지 꽤 오래 고민했다. 솔직히 말하면 의사와 간호사가 없는 집에 가기가 두려웠다. 하지만 흰 벽과 환자복과 병실 공기를 도저히 참을 수 없게 되었을 때, 의사가 더 이상 할 수 있는 치료는 아무것도 없다고 선고하고 나서도 몇 달이 지났을 때. 그제야 나는 손가락 하나 까딱할 수 없는 내 몸에서는 어떤 기적도 일어나지 못한다는 것을 받아들였다. 그리고 나에게 남은 것은 아무 의미도 없고 형식적인 치료뿐이라는 것을 깨닫게 된 나는 퇴원을 결정했다. 그때 그녀가 내 부모님에게 더듬거리며 이렇게 말했다.

"그럼, 저는 평생 이 사람만 돌보면서 살아야 하나요? 밥을 먹여 주고 몸을 씻겨 주는 것만 하면서요?"

퇴원을 도와주러 온 어머니는 고개를 숙였다.

"우리는 네가 이 애를 돌봐 주었으면 한다. 그러나 애만 돌보면서 살 거라곤 생각하지 않는다. 네 나이 이제 겨우 서른셋인데 우리가 어떻게 그런 몰염치한 말을 할 수 있겠니?"

어머니는 끝내 눈물을 보이고 말았다.

그녀는 한참 동안 숙고를 한 끝에 내 부모님의 제안을 수락했다.

하지만 거기에는 한 가지 조건이 따랐다.

"저를 더 이상 '야!'라고 부르지 않겠다고 하면요."

그녀가 내건 조건은 뜻밖의 것이었다. 부모님과 나는 어안이 벙벙해져 버렸다. 사고가 난 무렵 부모님은 갑자기 부자가 되었다. 살고 있던 마을로 대규모 아파트 단지가 들어선다는 소문이 나면서 땅값이 하늘 높은 줄 모르고 치솟았다. 부모님과 나는 적어도 그녀가 부모님의 재산을 절반쯤 뚝 떼어 달라고 할 줄 알았다. 그런데 기껏 내건 조건이 '야!'라고 부르지 말라는 거라니. 부모님이 소유하고 있는 땅을 돈으로 환산하면 그게 얼만데. 나는 그녀가 멍청한 건지 다른 속셈이 있는 건지 분간이 가지 않았다. 하지만 어머니는 다정하게 내 뺨을 쓰다듬으며 이렇게 속삭였다.

"그렇게 어려운 일이 아니잖니? 그러니 저 애의 말을 들어주어라. 우리는 힘이 부치고 너보다 더 오래 산다는 보장도 없으니…. 어차피 네 인생은 이것이 전부란다."

어머니의 말이 끝나기도 전에 나는 눈을 꼭 감았다. 감은 눈 속에 빛이 사라지고 막막한 어둠이 가득 찼다. 인정하기 싫지만 그것이 내 현실이었다. 어눌하지만 그나마 말을 하고 싶지 않을 때 내가 할 수 있는 의사 표현은 서너 가지가 전부다. 고개를 젓거나 끄떡이는 것. 그리고 눈을 깜빡이는 것. 나는 고개를 끄떡였고 어머니는 잠자코 짐을 정리하고 있는 그녀에게 내 의사를 통역해 주었다. 그리고 재빠르게 그녀 앞으로 이전되어 있는 고층 아파트의 꼭대기 층으로 돌아왔다.

문을 두드리는 소리가 났다. 새삼스럽게 웬 노크인가 싶었는데 문을 두드린 사람은 간병인이었다. 나는 물수건과 치약을 묻힌 칫솔을 들고 들어오는 오십 대 초반의 여자를 물끄러미 바라보았다.

"왜, 아줌마가…?"

간병인은 양치질을 해 주기 위해 컵에 물을 따랐다.

"오늘부터는 일찍 나오기로 했어요."

그리고 그녀처럼 양치질과 세수를 시켜 주고 기저귀를 갈아 주었다. 나는 입술이 근질거렸지만 그 이상은 아무것도 묻지 않았다. 언제부터인지 알 수 없지만 무엇을 물어도 내게 다 알려 주지 않았다. 내가 머리와 장기만 살아서 이렇게 누워 지내고 있다는 것을 아파트 주민들 대부분이 모르는 것처럼. 그러니 나도 진실을 알려고 애쓰지 않아야 했다. 그것은 모든 일의 진위를 반드시 밝힐 필요가 없는 것과 마찬가지였다. 꼭 밝혀져야 하는 일이라면 어떻게든 진실은 저 혼자 베일을 벗는 법이니까. 나는 다시 간병인을 불렀다.

"아침, 아줌마가 준비하셨어요?"

"네."

잠시 후 간병인은 밥과 반찬이 놓인 쟁반을 들고 왔다. 그리고 나에게 천천히 밥을 먹여 주었다. 쟁반에 놓인 굴비 한 마리와 나물과 김치와 겉절이를 밥과 국과 함께 나는 꾸역꾸역 삼켰다. 시체처럼 움직이지도 못하는 내 몸에 이렇게 많은 칼로리가 다 쓰일 리도 없는데 밥과 반찬을 하나도 남기지 않았다. 하는 일이 먹는 일과 싸는 일이 전부이니 그런 일이라도 성실할 수밖에 없었다. 그리고 간병인이 지은 아침이 더 맛있기도 했다. 남은 밥알 하나까지도 모조리 긁어 먹고 나니까 새삼스럽게 내 몸이 어떤 상태인지 알고 싶다는 생각이 들었다. 나는 빈 쟁반을 들고 나가는 간병인을 또 불러 세웠다.

"저, 살이 좀 쪘나요?"

간병인은 몸을 돌려 나를 빤히 쳐다보더니 고개를 갸웃했다.

"얼굴이 좋아지긴 했지만, 글쎄…, 내가 보기에는 좀 야윈 것 같은데요. 그리고 누워만 있으니 근육보다 지방이 더 많은 것 같고…."

그 순간 내게는 얼굴부터 관절까지 둥글둥글한 헝겊 인형이 떠올랐다. 뼈대가 없어서 팔도 다리도 툭 치는 대로 덜렁덜렁 흔들리는 인형. 내 몸이 어쩌면 그런 헝겊 인형과 비슷할지도 모른다는 생각에 오싹한 기분이 느껴졌다. 나는 고개를 끄떡이며 한숨을 푹 쉬었다.

"티브이를 좀 켜 주시겠어요?"

화면은 예술가의 작업실을 탐방하는 〈오늘의 예술가를 말한다〉란 채널에 정지되었다. 입술은 채널이 정지되는 순간 또 근질근질하기 시작했다. 목젖이 둥글게 부푸는 것도 같았다. 내가 가장 궁금한 것은 며칠 동안 말미잘이 아침 일찍부터 극성스럽게 짖어 대고 있다는 점이었다. 말미잘이 조용한 이 시간, 그녀는 무엇을 하고 있는지. 하지만 나는 아랫입술을 잘근거리면서 화면에 시선을 못 박았다. 잘 팔리는 그림이 반드시 작품성과 인간성에 연계되지 않는다고 내 그림을 평가 절하하던 평론가 이동희의 얼굴이 클로즈업되는 순간이었다. 어차피 나는 세상 모든 일을 다 알 수 없다. 또 그녀의 일을 사실대로 말해 줄 간병인도 아니었다. 그러니 묻고 확인하는 것 자체가 쓸데없는 짓이었다. 간병인이 입을 다물고 있을 때는 그만한 이유가 있으리라는 걸 알면서도 나는 자꾸 입술이 근질거려서 잘근잘근 깨물었다. 간병인은 그런 나를 물끄러미 바라보다 방을 나갔다.

화면은 평면 작업을 하는 작가의 작업실 탐방기를 방영하는 중이었다. 위가 가득 차서 까무룩 잠이 들 무렵 화면 안의 풍경이 왠지 익숙하게 느껴졌다. 내가 누워 있는 내 집이었다. 화면은 작업실로 사용하는 안방과 수장고로 개조한 작은 방 겸 창고를 들락거렸다. 놀라운 건 미발표작인 내 그림 위에 투명 물고기 몇 마리를 크거나 작게 첨가한 작업의 소개였다. 내 그림은 분명한데 물고기는 아니었다. 화면이 투명한 물고기를 클로즈업하는 동안 혼란스런 동시대의 미술계를 한순간에 평정한 신예 작가의 탄생을 알린다는 평론가 이동희의 평이 이어지고 있었다. 미니멀한 추상 작업을 하고 있던 난 사고가 있을 때인 초대전을 끝으로 구상을 마감하고 추상 작업을 진행하고 있었다. 마침내 화면이 보여 준 건 목소리와 함께한 그녀의 얼굴이었다.

잊고 있었다. 그녀를 처음 만났을 때 난 대학원 실기 강사였고 그녀는 학생이었다. 조용하고 내성적인 성격의 그녀는 베트남에서 유학을 와 사람들과의 교류가 적었다. 거주지와 학교가 멀다는 이유로 내 작업실에서 거의 지내다시피 했고 그 무렵, 우리는 동거를 시작했다. 물론 외부인에게는 철저하게 비밀 유지를 했으니 공식 석상에서 언제나 우리는 실기 강사와 대학원생의 구조였다.

눈이 저절로 감겼다. 그냥 눈을 감았을 뿐인데 눈꺼풀을 덮자 반대로 귀가 활짝 열렸다. 섬세하고 촘촘한 레이더에 집 안의 모든 소리들이 모조리 걸려들었다.

주방에서는 물소리와 그릇이 부딪는 소리가 났다. 간병인이 내가 비운 그릇과 쟁반을 설거지하고 있는 모양이었다. 주방이 조용해지자 네 발로 종종거리는 발소리가 가까워졌다 멀어졌다 했다. 짖어 댈 대상이 없어져서 심심한 말미잘이 집 안을 배회하고 있는 것 같았다. 그리고…, 안방 문을 여닫는 소리가 나고 티브이 작업실 탐방의 이동 희가 침묵하는 사이 주방에서 나직하게 주고받는 이야기 소리가 들려 왔다.

이따 택배가 올 거예요. 받아서 안방에 갖다 두시고요. 네. 그이 셔 츠하고 바지, 세탁소에서 찾아다 놓으세요. 네. 그리고 저 사람, 씻길 날이죠? 꼼꼼하게 잘 닦아 주시고 환기도 좀 시켜 주세요. 네. 방송국 출연하고 전시 오픈식에 다녀와도 많이 늦지는 않을 거예요. 침대 패 드는 그때 바꾸도록 해요. 네. 대화가 끝나고 발소리는 두 곳으로 흩 어졌다. 말미잘이 주방 뒤쪽으로 가다가 다시 안방 쪽으로 뛰는 소리 가 들렸다.

감은 눈 속에 확장형 아파트의 구조가 환하게 떠올랐다. 그녀와 동 거를 시작할 무렵 부모님이 사 준 아파트였다. 난, 살고 있는 내 집의 구조와 가구들을 완벽하게 기억하고 있었다. 현관문 바로 앞에 있는 안방과 비슷한 넓이의 방, 가운데 넓은 거실을 두고 안방이 있으며 주 방 옆에 작은 방이 있는 구조. 내가 있는 곳은 현관문 바로 앞에 있는 방이었다. 에어컨 실외기 때문에 여름이면 창문을 열 수 없는 방은 한 공간 안에서도 다소 격리된 느낌이 들었다. 그러니까 부모님이 나를 이 방에 지내도록 한 것은 그녀에게 여러모로 합당한 처분이라고 볼 수 있었다.

그러나 그녀는 이 공간에서 갖는 방의 특성만을 믿고 너무 부주의 한 것 같았다. 몸 전체가 불구가 되면 생존의 필요에 의해 신체 어느

한 부위의 신경은 무한대로 발달한다는 것을 모르는 모양이었다. 아마도 이렇게 누워 있는 나는 지구 반대편에서 지진이 일어나는 소리까지도 들을 수 있다는 것을. 자칫하면 내가 세상을 떠났을 때 받게 될 상속이 날아갈 수도 있다는 것을.

허파를 드나드는 날숨과 들숨이 고요하게 느껴졌다. 산소와 이산화탄소의 비율이 날숨과 들숨에 따라 달라지는 방 안의 공기가 텁텁하게 얼굴에 와 닿았다. 밀폐된 방 안의 공기가 텁텁하지 않을 까닭이 없었다. 이건 모두가 예상했던 일이었고 일찍이 내 부모님이 허락한 것이기도 했다. 내가 삶을 지루하다고 생각한 건 앞으로 어떤 일이 벌어질지 충분히 알 수 있기 때문이었다. 예측하기 어려운 앞날에 대한 긴장과 두려움, 그리고 염려와 분노 따위를 삶에서 제거하고 나면 남는 것은 말 그대로 지루함뿐이다. 그 일상이 모반도 음모도 할 수 없는 것이라면 더욱더 그럴 것이다.

아무리 그렇다 해도, 내 일상이 지루하게만 밀봉된 것은 아니었다. 이렇게도 지루한 일상이 어떤 자에게는 평화라 불리나 나에게서는 혐오라 불리니, 얼마 전부터 체념을 동반한 자조라는 감정이 생겨났다. 어느 날 갑자기 말미잘이 극악스럽게 짖기 시작했을 때. 일말의 연민이나 내 부모님의 부탁 때문에 나를 보살피기로 한 게 아니라는 것을 깨달았을 때. 그녀가 기다리는 게 내 몸에서 일어나는 기적이 아니라 죽음이라는 것을 알게 되었을 때. 그때 나는 자조라는 쓸쓸한 감정을 처음 맛보았다. 그리고 내가 왜 사다리를 탔을까 하는 생각으로 미칠 지경이 되면 진정제를 먹듯 자조라는 감정으로 천천히 입술을 핥았다.

〈오늘의 예술가를 말한다〉가 끝나고 광고가 시작되는 사이로 구두를 신는 두 개의 소리가 파고들었다. 그녀가 현관문을 나서는 소리에 저절로 틀어 올라간 입귀에서 실실 웃음이 새어 나왔다. 나는 천천히 오래오래 웃었다. 그리고 '그이'와 '저 사람'의 어감을 곰곰이 씹어 보았다.

가끔 내 몸을 생각해 보았다. 지루한 일상의 시초가 되는 내 몸을. 직접 들여다볼 수 없고 아무것도 느낄 수 없는 몸을 오래 생각하다 보면 아직도 건재한 내장들이 떠올랐다. 간과 허파와 심장이…. 그리고 췌장과 비장과 또…. 손가락 하나도 내 의지대로 움직일 수 없는데 어떻게 이 모든 것이 여전할 수 있는지. 신경은 죽었으나 피가 흐르고 있으며 장기들이 제 기능을 잃지 않은 내 몸. 살아 있다고 할 수 있는 것인지 죽었다고 해야 하는 것인지. 그러나 이런 몸을 지니고도 나는 밥을 먹고 배설을 하고 있었다. 이 모든 장기가 무사해서 숨을 쉬고 생각하고 말한다. 지난 시간을 기억해 내기도 하고 그 시간을 증오하기 위해 추억도 한다.

아직도 나는, 그녀를 만난 후 처음으로 올라가 본 사다리를 잊지 않고 있다. 개인전 디스플레이를 앞두고 당연히 먼저 와서 내 명령대로 움직여야 할 그녀는 전시 작품과 디스플레이에 필요한 각종 비품만 갤러리에 배달해 놓고 전화도 꺼 둔 채 감감무소식이었다. 전문가에게 디스플레이를 맡기지 않아도 될 만큼 그녀는 내가 원하는 것이 무엇인지를 잘 알고 있었다. 시간에 쫓겨 작품의 포장지를 뜯다 벽에 기대어 있는 철제 사다리가 눈에 띄었고, 세모꼴로 사다리를 세워 두고 사다리에 올랐었다.

그림을 걸 지점에 드릴로 못을 박을 생각이었다. 천장이 유난히 높아 사다리를 늘려야 했고 등에 맞닿을 만큼 머리를 뒤로 젖혀야 했다. 어린 시절의 추락 사고 후 척추 측만과 더디 자란 오른발은 힘이 들어가자 후들후들 떨렸다. 점심 무렵이 지나서인지 예술의 거리는 무덤 속처럼 괴괴했고 늦은 오후인 전시 오픈 시간이 되어서야 노을처럼 생기가 반짝 살아날 터였다.

그날은 햇빛이 맑은 날이었다. 햇빛이 너무 눈부신 나머지 눈 속으로 흘러든 땀마저도 하얗게 빛이 나서 앞을 보기 어려울 정도였다. 그날 내가 본 것은 눈 속에 가득 찬 하얀빛이 전부였다.

내가 병상에서 깨어나자 의사가 처음으로 물어본 말은 이것이었다.

"기억이 나세요?"

의사가 병실을 나가고 난 뒤 아버지는 소리 없이 눈물을 흘렸다. 그리고 절망적인 얼굴로 이렇게 물었다.

"겨우, 이렇게 살아나게 된 기분이 어떠냐?"

"고장 난 사다리를 왜 올랐어?"

"드릴이 머리에 안 떨어진 게 정말 다행이야."

이 모든 질문에 나는 어떤 대답도 하지 못했다. 내게는 예술의 거리 풍경과 느낌을 표현할 수 있는 어휘가 부족했고 내 몸이 어떤 상태인지 분간이 가지 않았다. 한마디로 나는 너무 아팠고 또 얼떨떨했다. 아버지의 질문을 도무지 이해할 수 없어서. 내가 누워 있는 곳이 뜻밖에도 병실이라서. 그리고 내 몸이 내 몸 같지 않아서. 나는 어떤 물음에도 대답할 수 없었다.

　병원에 누워 있는 동안 어릴 적 어머니와 함께 보았던 밤하늘이 자주 떠올랐다. 저녁을 먹은 뒤 평상에 누워 별들이 은성한 하늘을 우러러보던 여름밤. 유성이 길게 꼬리를 그으며 은하수를 가로질러 날아가는 모습은 흡사 지상에서 수명이 다한 자의 혼과 비슷한 것 같았다. 그리고 그런 유성을 그리고 싶다는 생각을 처음으로 했다. 어린 나는 그렇게 생각했다. 내가 죽으면 내 영혼도 저렇게 날아올라서 누워 있는 나를 내려다보겠구나. 이 생각을 하다 보면 등을 지상에 붙이고 있는데도 이상하게 멀미가 났다. 밤하늘에서 쏟아져 내리는 별빛과 고요가 너무도 장엄하고 찬란해서 내 몸이 두둥실 떠오르는 것 같기도 했다. 비록 상상이지만 어리둥절하고 불안한 부양이었다. 몇 광년이 지나도 초점이 닿지 않을 허공으로 시선을 맞추면 반듯한 내 육신이 느낌표처럼 보였다. 길게 밤하늘을 그으며 사라지는 유성 같은 느낌. 병상에서는 그 느낌이 어릴 적보다 훨씬 더 섬뜩했다. 가끔 한밤중에 잠을 깨면 하얀 천장에서 안쓰러운 눈으로 나를 내려다보는 내가 보였는데 나의 육신은 길게 잘못 찍은 마침표 같았다. 그 마침표는 축 늘어진 데다 절망이라는 추가 매달려서 높게 부양하지도 못했다. 나는 겨우 낮은 천장까지 떠오를 수 있을 뿐이었다. 그렇게 떠올라서 나를 굽어보는 나를 보자 무언가 알 수 없는 것이 뜨겁게 목젖에 차올랐다. 그것은 내 안에 가득 찬 울음이라는 것을 곧 알 수 있었는데 그 울음을 깨닫자 내 이마는 냉정하게 싸늘해졌다. 그리고 내 이마 위에는 이 음절의 한 단어가 얹혔다. 그것은 '자살'이었다.

　　나는 유성처럼 어디선가 날아와 내 이마에 떨어진 이 은밀한 단어를 아무에게도 내비치지 않았다. 정상의 몸을 가진 이들도 여간해서는 함부로 내보이지 않는 단어를 발설한다는 것은 비웃음만 자초할 일이었다. 계획보다 충동이라는 낱말과 더 잘 어울리는 이 단어를 내보이면 그녀부터 크게 웃음보를 터뜨릴지 몰랐다. 자지러지는 웃음과 웃음 사이 더듬거리는 것도 잊은 채, 이런 말을 내뱉으면서. 당신이? 자살을? 어떻게? 내가 기억하는 기사들에서도 나 같은 인간이 자살을 했다는 이야기는 하나도 없었다. 자살을 한 사람은 모두 정상인이었다. 그들은 목을 매거나 손목을 그었고 밀폐된 차 안에서 번개탄을 피우기도 했으며 약을 먹었다. 혹은 물에 빠지기도 하고 절벽에서 뛰어내리기도 했다. 스스로 목숨을 끊는 방법은 직업의 종류만큼 참으로 다양했다. 그러나 이 가운데서 내가 선택할 수 있는 방법은 한 가지도 없다. 신만큼 전능한 의사가 있어서 한쪽 손만이라도 회복시켜 주기 전에는 아무것도.

　　나는 신경외과 분야에서 권위 있는 의사마저도 고개를 흔든 환자였다. '경추에 있는 척수가 너무 많이 파괴되어 있습니다. 기적은 그 척수가 이어지는 것인데 아직은 그런 의술이 없는 걸로 알고 있습니다.' 그리고 의사는 현실을 수긍하고 받아들여야 한다는 듯 아무 감각도 없는 어깨를 다독여 주었다. 그 의사는 그 외에도 수액과 알약을 처방해 주었는데 그것은 그냥 의례적인 처치로만 보였다. 언제부터인지 나는 바로 응답하지 못하거나 내 말을 즉각 행동으로 옮겨 놓지 못하는 그녀를 닦달했다. 오이처럼 매끈한 그녀의 다리가 미웠다. 그리고 모든 게 자신의 잘못인 것처럼 뛰어다니며 비위를 맞추던 그녀를 보고 생각했다. 살아간다는 게 참으로 추접스러운 일이구나. 그러자 내 삶이 너무도 하찮아졌다.

집으로 돌아오자마자 나는 하루하루를 어떻게 보내야 할지 그것부터 고민하기 시작했다. 티브이도 어쩌다 한나절이지 하루 종일 본다면 두통이 생길지도 모를 일이었다. 계속 누워 있다 보면 뒤통수의 머리카락이 남지 않을지도 몰랐다. 시간은 넘치도록 많은데 그녀를 안을 수 없고 끼니때와 몸을 닦을 때나 겨우 몇 마디 말을 나눌 수 있을 뿐 소소한 일상을 함께 나누지 못하는 삶도 삶이라고 할 수 있는지 의문스러웠다. 이렇게 겨우 살아 있을 뿐인 삶도 삶이라고 부를 수 있는 것인지. 그런데 가끔씩 들르는 내 부모님은 의례적인 안부를 살피고 나면 내 다리를 주무르며 이렇게라도 살아 있어 줘서 고맙다는 말뿐이었다.

어느 날부터 나는 잠이 드는지도 모르게 잠에 빠지는 날이 많아졌다. 그에 따라 잠과 현실의 경계가 무뎌지는 일이 빈번해졌고 때와 장소를 헷갈리는 일이 점점 많아졌다. 자연히 현실의 소리가 꿈속처럼 들릴 때가 더러 생겨났다. 간병인이 깨우러 왔을 때도 나는 먼 세상에서 누가 나를 호명하는 줄 알았다. 하지만 번쩍 눈을 떴을 때 내가 본 것은 늙은 간병인의 얼굴이었다.

간병인이 더운 물을 담은 세숫대야를 들고 들어올 때 입 주위의 털이 축축하게 젖어 있는 말미잘이 나를 보고 짖었다. 눈을 뜸과 동시에 내 코에 스며들었던 냄새는 말미잘의 똥 냄새였다. 고층 아파트의 꼭대기 층으로 돌아왔을 때부터 이틀이나 사흘에 한 번 잠깐씩 보아 온 나는 변함없이 말미잘에게 낯선 사람이었다. 말미잘은 간혹 간병인이 나가면서 채 닫히지 않은 문틈 사이로 들어와 내 배꼽쯤을 올라타고 앉아 똥과 오줌을 누고 가곤 했다. 누워서 꼼짝 못하는 나를 제 아래 서열로 보고 있는 것 같았다. 나는 말티즈와 포메라니안 사이에서 태어났다는 개새끼를 노려보았다. 내가 할 수 있는 유일한 일이었다. 간병인은 간교하게 짖어 대는 말미잘에게 말린 닭고기를 던져 주었다. 그리고 능숙하게 내 옷을 벗겨 내기 시작했다. 환자복을 본떠서 만들어진 상의와 하의가 뱀의 허물처럼 내 몸에서 벗겨졌다. 기저귀도 떨어져 나갔다. 나는 순식간에 온전한 알몸이 되었다.

언제나 그랬던 것처럼 벌거벗은 알몸이 되자 천장에서 나를 내려다보는 나를 볼 수 있었다. 천장의 나는 발가벗겨진 내 몸을 슬픈 눈으로 내려다보았다. NCIS 검시관이 내상뿐인 사체를 내려다보듯. 그저 사람의 형태를 유지하기 위해 달려 있는 것 같은 팔과 오른쪽은 짧고 왼쪽이 긴 다리를. 그리고 등이 불룩한 몸통과 어깨를. 열 개의 손가락과 발가락도 자세히 보았다. 마지막으로 보는 것은 내 얼굴이었다. 언제 햇빛을 보았는지 기억도 나지 않는 내 얼굴은 창백했고 눈은 우물처럼 깊어 보였다. 그리고 그녀를 함부로 부르지도 못하고 거의 침묵으로 일관하는 내 입은 부르르 떨고 있었다. 이불의 안락한 온기를 기억하고 체감 온도를 느끼지만 내 팔로 나를 감싸 안지 못하는 내가 나는 안타까웠다. 팔에 힘을 주면 거짓말처럼 손이 들어질 것 같았다. 나를 내려다보는 나는 또 나를 세워 일으키는 상상을 하고 있었다.

나는 손을 들어 보기 위해 안간힘을 썼다. 머릿속에는 간절한 문장이 한 줄 또렷하게 새겨졌다. 제발 한 번만. 피가 얼굴로 몰리는 느낌이 역력했다. 하지만 내 몸은 너무 조용했고 또 무표정했다. 뭔가 가위에 눌린 것처럼 젖 먹던 힘까지 동원해도 꼼짝달싹도 하지 않았다. 기어이, 붕괴 직전의 댐이 물을 방류하듯 참았던 숨이 터졌다. 간병인이 내 몸을 닦으려다 말고 물었다.

"다시 기저귀를 채울까요?"

간병인의 염려는 허무하게 들렸다. 간병인은 가끔 내가 팔을 들어 붓을 잡거나 두 손으로 목을 어루만지고 싶어 한다는 것은 생각조차 하지 못했다. 나를 들여다보는 순간 의사의 선고 따위는 잊어버리고 만다는 것을. 하지만 나는 어머니보다 젊어 보이는 간병인에게 아무 말도 할 수 없었다. 간병인은 어머니와 그녀에게 내 일거수일투족을 다 보고하기 때문이었다. 나는 그냥 고개를 저었다. 내가 눈을 감자 간병인은 발가벗겨지고도 수치를 잊은 내 얼굴에 따뜻한 물수건을 얹혔다. 따끈한 기운이 이마에 머무는 짧은 순간 가슴에는 심장이 미어지는 것 같은 고통이 얹혔다. 그것은 아무리 해도 익숙해지지 않는 고통이었다.

그녀는 내가 마른 목욕을 마칠 때쯤 돌아왔다. 문밖을 지키던 말미잘이 현관에서 그녀를 따라 주방으로 달려갔다. 냉장고 문이 열리는 소리가 나고, 말미잘이 애교 부리듯 종종거리는 소리가 들리고, 냉장고 문이 닫히는 소리에 이어 슬리퍼 끄는 소리가 내 방문 앞으로 다가왔다.

패드를 가는 일은 언제나 고역스럽게 보였다. 그녀의 얼굴에도 간병인의 얼굴에도 땀이 맺히고 숨소리가 거칠게 들렸다. 패드를 다 갈고 나서 그녀는 손으로 땀을 닦으며 안방으로 갔다. 그사이에도 말미잘은 내 발을 사정없이 물어뜯고 있었다. 그리고 간병인은 내게 새 옷을 입혀 주었다. 서랍장에서 꺼낸 옷에서 햇볕에 잘 마른 소리가 났다. 목덜미의 고슬고슬한 감촉이 잠이 올 것처럼 나른하게 했다. 마른 목욕일 뿐이지만 간병인 못지않게 나도 고단하고 힘들었다. 간병인은 축 늘어진 내 몸이 무거웠고 나는 축 늘어져 있는 내 몸이 버거웠다. 힘없이 눈을 감는 내 몸에 이불이 덮여졌다.

"욕창은 없어요. 다행이에요."

이어서 창문이 열리는 소리가 들리고 부드러운 바깥 공기가 얼굴에 닿았다. 바람의 온도로 봐서 날씨가 늦은 봄쯤 되는 것 같았다. 그녀가 고용했지만 월급은 내 부모님에게 받고 있는 간병인은 청소까지 마친 뒤 티브이를 끄고 방을 나갔다. 그리고 슬리퍼 소리는 세탁기가 있는 주방 뒤쪽의 베란다로 멀어졌다가 다시 주방으로 돌아왔다. 또 냉장고 문이 열리고 물을 따르는 소리와 벌컥벌컥 들이켜는 소리가 연이어 났다. 그리고 조심스럽게 슬리퍼를 끄는 소리는 거실 쪽으로 가서 멎었다. 아마도 간병인은 소파에 앉아 저녁을 짓기 전까지 쉬려는 모양이었다.

그동안 안방 쪽에서는 아무 소리도 들리지 않았다. 팔고 싶지 않은 내 그림과 소장하고 있는 유명 작가들의 작품들을 모아 둔 수장고로 쓰이던 방이었다. 방송국과 전시 오픈에 다녀오고 패드를 갈면서 땀을 흘렸으니 아마 그녀도 목욕을 할 터였다. 안방에 딸린 샤워 룸에서 몸을 씻고 있는 그녀의 모습은 보지 않아도 보고 있는 듯했다. 비누를 바르고 샤워기로 물을 뿌려 비누 거품을 씻고 있는 그녀의 팔이 얼마나 눈부실지. 고개를 젖혀 샤워기의 세찬 물줄기를 받아 내는 그녀의 몸. 모든 신경이 살아 있어서 팽팽하게 긴장하고 있는 살은 알아서 물방울을 튕겨 낸다. 머리를 감고 얼굴에 흐르는 물을 훑어 내는 작은 움직임까지도 은하수를 건너는 유성처럼 빛이 난다. 거울은 물방울이 송알송알 맺혀 있는 그녀의 몸을 여과 없이 비춘다. 내가 알기로 하루면 수십 번도 넘게 거울을 들여다보는 그녀. 그녀는 거울에 비친 제 몸에 도취될 것이다. 그런 그녀에게는 어머니도 간병인도 가끔 고개를 저었다. 언젠가 그녀가 없을 때 들른 어머니는 휘둥그레진 눈으로 이렇게 말한 적이 있었다.

"집에 무슨 거울이 이렇게 많은지 모르겠구나. 안방에 화장대와 전신 거울은 그런다 치지만…."

나는 여러 가지로 중첩되어 있는 어머니의 말뜻을 바로 알아들었다. 필요할 때마다 내가 지불하던 생활비와는 달리 내 부모님에게 매달 꼬박꼬박 생활비를 받기 시작하면서 그녀는 털갈이하는 짐승처럼 달라졌다. 그 가운데서도 무엇보다 피부가 뽀얗게 피었다. 몸매도 흠 잡을 곳 없이 매끈해졌으며 쭉 뻗은 다리는 더 날씬해졌다. 그리고 옷가지와 화장품과 보석이 다양해졌다. 그런 그녀는 어쩔 때면 완전히 딴사람 같아 보였다. 마른 목욕 후 간병인과 함께 내 몸에 옷을 갈아입히던 그녀의 서늘한 눈빛이 생각나 소름이 끼쳤다.

갑자기 초인종 소리가 고요한 집안의 정적을 깼다. 초인종이 울리는 것과 동시에 말미잘이 포악스럽게 짖으며 현관으로 달려가는 소리가 났다. 말미잘은 심심하던 참인데 마침 한 건 만났다는 듯 현관 앞에서 맹렬하게 짖어 댔다. 간병인이 말미잘을 어르며 현관 앞으로 달려 나오는 소리도 들렸다. 간병인은 내 방문 앞에 서서 현관문에 대고 외쳤다.

"누구세요?"

간병인의 물음은 오후의 방문객이 누군지 알고 있지만 한 번 더 확인하는 물음이었다. 말미잘의 기세는 여전했고 현관문 밖에서는 힘찬 남자의 목소리가 들려왔다. 그리고 현관문이 열리는 소리와 투박한 발소리가 연이어 방문 틈을 비집고 들어왔다.

"여기가 이응찬 씨 댁, 맞죠?"

순간 나는 감고 있던 눈을 번쩍 떴다. 그리고 나도 모르는 사이 낯선 이의 집에서 잠들었다 깨어난 것처럼 어리둥절했다. 내가 있는 곳이 진짜 이응찬이라는 사람의 집인가 하는 생각도 얼핏 들었다. 내가 있는 곳은 분명히 이 고층 아파트의 꼭대기 층 2512호인데, 그리고 2512호의 소유주는 나 김민수였는데, 이응찬은 또 누구인가. 아니면 내가 이응찬이고 어느 날부터 말미잘이 경계하기 시작한 인물이 김민수인 것인가. 그런 것 같기도 하고 아닌 것 같기도 했다. 나의 낮과 밤은 대부분 현실과 상상의 세계가 교차하는 가수면 상태에 지배당하고 있으니 어쩌면 내가 잘못 들은 것일 수도 있었다. 하지만 택배 배달기사는 간병인에게 다시 한 번 이응찬이라는 이름을 확인했다.

"이응찬 씨하고는 어떤 관계이십니까?"

나는 눈에 힘을 불끈 주었다. 그리고 매번 내 그림을 평가절하하던 이동희의 본명이 이응찬이라는 사실도 기억해 냈다. 그러자 그녀가 실사로 출력해 붙여 준 천장의 장미꽃 무더기들이 선혈처럼 붉게 뭉개져 보였다. 동시에 나는 이마가 갑작스럽게 팽창하는 느낌을 받았다. 전신의 모든 피가 얼굴로 몰리고 있었다. 얼핏, 천장에서 나를 걱정스럽게 내려다보는 내 눈에 핏발이 서 있는 내가 보였다. 하지만 나는 나를 마주 보지 않았다. 나는 일어나고 싶었다. 일어나서 그녀의 뺨을 후려갈기고 싶다는 생각뿐이었다. 나는 머리를 번쩍 들었다. 그때 어렴풋이, 은하수를 건너 나를 향해 날아오는 유성의 긴 꼬리가 보였다. 그와 함께 눈 속에 하얀빛이 가득 찼다. 사다리의 세모꼴 마지막에 오르자마자 마모된 고정쇠가 부러지면서 중심을 잃고 넘어가던 순간의 굉음이 하얀빛을 공중으로 분사시켰다. 내 비명 소리가 멀리 은하수까지 울려 퍼졌다.

나는 깊은 정적 속에서 아주 느리게 깨어났다. 눈꺼풀 안에서도 빛이 지나치게 환해서 불안했다. 하얀빛 속에 있으면 몸이 막대기처럼 곤두박질치던 순간이 떠올라서 평소에도 불을 켜게 한 적이 거의 없었다. 목에 닿는 베개의 감촉을 깨달으며 잠깐 내가 어떤 상황에 처했었는지를 더듬어 보았다. 그때 말미잘이 누군가에게 으름장을 놓는 소리가 들렸다. 그제야 말미잘이 기세등등하게 짖던 소리와 택배 기사의 목소리에 이마가 팽창했던 사실이 떠올랐다. 하지만 그다음은 떠오르는 것이 아무것도 없었다. 떠오르는 것이 아무것도 없어서 나는 천천히 눈을 떴다.

내 눈앞에는 내가 아는 얼굴들이 거의 대부분 모여 있었다. 그 얼굴들에는 걱정스러운 표정이라고는 눈곱만큼도 없었다. 어떤 기대와 바람을 덤덤한 표정으로 포장하고 있던 사람들은 내가 눈을 뜨자 황급히 한시름 덜었다는 표정을 만들었다. 예전부터 어느 정도는 예상하고 있던 일이라 놀랍지는 않았다. 하지만 내 부모님은 예외였다. 아버지는 서둘러 고개를 돌려 비통한 표정을 감췄고 어머니는 엄숙한 표정으로 내 눈을 들여다보았다. 하루 사이에 확— 늙어 버린 것 같은 어머니의 표정은 많은 말을 하고 있었다. 나는 그런 어머니의 표정을 성경처럼 정독했다. 그리고 눈을 감았다. 그때 아버지가 밝은 조명과 어울리지 않게 무거운 정적을 깼다.

"그만들 돌아가시게. 단지 신경과민으로 인한 발작이었다니…."

활짝 펼쳐진 귓바퀴로 가만가만 방을 나가는 발소리들이 들렸다. 마지막에 방을 나서는 발소리는 그녀의 것이 틀림없었다. 그녀의 발소리를 깨닫는 순간 내 속에서는 참을 수 없는 것들이 치밀어 올랐다. 자신의 욕망과 비웃음을 비밀스럽게 감추고 있는 발소리. 가증스럽도록 태연한 발소리에 오장이 뒤틀렸다. 모든 피가 머리로 몰리는 것 같았다. 천장으로 올라간 내게 벌겋게 달아오른 얼굴로 입술을 부들거리는 내가 내려다보았다. 불합리한 상황을 난도질하고 싶은 말이 사방으로 흩어져 버려 더욱 미칠 것 같았다. 그래서 꼼짝할 수 없는 팔과 다리에 이를 악물고 힘을 줬다. 나는 그녀의 목을 조르고 싶었다. 하지만 팔다리에 뻗치는 힘은 멀었고 오히려 알 수 없는 힘이 내 숨통을 죄어 왔다. 놀란 어머니가 내 뺨을 토닥거렸다. 나는 숨통이 완전히 죄기 전에 말하고 싶었다. 허락된 일이지만 그게 내 집이어서는 안 되는 일이 아니냐고, 내 그림을 자신의 것처럼 포장해서 마치 혜성처럼 떠오른 신예 작가 놀음은 사기가 아니냐고 말이다. 하지만 내 입에서는 알아들을 수 없는 말이 흘러나왔고 어머니의 대답은 먼 곳의 전언처럼 가물가물하게 들렸다. 아버지의 전화기에는 지인의 부음이 문자메시지로 수신되고 있었다. 나는 또 어머니에게 말하고 싶었다. 팔다리를 꼼짝할 수 없게 만들어 놓고 생은 너무나도 불공평한 게임을 걸어오고 있다고. 자살이 꼭 꿈으로 끝나지만은 않을 거라고. 그러나 여전히 어머니는 내 뺨을 토닥거리며 나를 부르고만 있었다.

안나는 없다

그림 이호국 作

우편물은 잘못 배달된 것이었다.

우편함에는 두 통의 우편물이 햇살과 함께 꽂혀 있었다. 한 통의 우편물은 일반 편지 봉투보다 더 두툼했고 봉투의 질감이 훨씬 정중해 보였다. 김안나. 이름으로는 이웃보다 더 친숙한 안나라는 사람의 우편물이 다른 한 통의 우편물과 함께 1502호의 우편함에 들어 있었다.

반송함에 넣어도 반송이 되지 않는 우편물. 삼 년이 지나도록 주소지 변경을 하지 않는 안나라는 사람. 나는 크게 한숨을 내뱉었다. 우편함에 쌓여 있던 먼지가 우우하고 햇빛 속을 부유했다.

햇빛이 우편함에 꽂힌 것으로 봐서 오후 6시가 다 되었을 것 같았다. 아파트가 등지고 있는 가파른 언덕. 저녁을 향해 기울어 가는 해가 언덕 위의 외딴집을 둘러싸고 있는 아까시나무들 한 뼘 위에 있었다. 아파트의 노란 철책 사이로 언덕을 모자이크 해 놓은 텃밭의 옥수수 잎이 길게 빛났다.

생면부지 수취인의 이름이 적힌 우편물을 이 아파트로 이사 온 다음 날부터 받기 시작했다. 그때 나는 그 우편물을 보고 전 주인이 이사를 가서도 주소지 변경 신청을 하지 못한 거라고만 생각했다. 나 역시 변두리 임대 아파트에서 이사 나오면서 잡지의 주소지 변경 신청을 하지 못한 적이 한 번 있었다. 잡지의 이름은 너무 오래전 일이라 닦지 않은 유리창처럼 흐릿했다. 잡지 이름을 생각하면서 언덕 위 무성한 아까시나무를 바라보다가 우편함에서 우편물을 꺼냈다. 또다시 먼지들이 우우하고 일어나서 햇빛 속을 떠돌아다녔다. 먼지 낀 유리창을 투과해서 들어온 햇빛은 더 부옇게 보였다.

우편물의 발신지는 서울이었고 우표를 붙이는 자리에 서초3동 우체국, 요금별납이라는 인쇄가 되어 있었다. 발신인은 차세대국제특허 법률사무소였고 발신지에 대해 정확하게 설명할 수는 없지만 특허에 관한 일을 하는 곳이라는 건 알 수 있었다. 나는 남편의 카드 명세서와 함께 온 우편물을 잠시 들여다보았다. 다시 1502호로 배달되더라도, 반송함에 넣어야 할까 생각하다 우편물들을 그대로 가방에 집어넣어 버리고 말았다.

나는 이 아파트의 1502호를 떠난 지 삼 년이 다 되었는데도 여전히 이 주소를 사용하고 있는 사람이 누군지 알고 싶었다. 불편한 우편물을 가방에 집어넣고 나자 새벽부터 먼 길을 다녀온 피로와 빨리 집 안 청소를 해야 한다는 조급함이 한꺼번에 밀려왔다. 나는 허겁지겁 엘리베이터 단추를 눌렀고 엘리베이터가 15층으로 올라가는 동안 남편의 카드 명세서를 꺼냈다가 다시 집어넣었다. 가방의 묵직함이 남편이 갚아야 할 빚의 무게처럼 느껴졌다.

집은 어수선했다. 미처 치우지 못한 아몬드와 바나나 칩이 피부연고와 물을 마시고 난 컵과 함께 탁자에 널브러져 있고 남편의 양말 두 짝은 소파 아래 면바지와 셔츠는 거실 바닥과 빨래 바구니 옆에 각각 흩어져 있었다. 건조대에서 걷어 놓고 개지 못한 빨래는 소파 위에 한 무더기였다. 티브이 옆에 있는 컴퓨터 책상 위에는 CD가 널려 있었고 내가 읽다 만 정보지가 그 앞에서 나뒹굴고 있었다. 주방은 말할 것도 없었다. 미처 버리지 못한 음식물 쓰레기와 개수대 옆에 쌓여 있는 냄비는 혼자 보기에도 민망하기 짝이 없었다.

나는 정리 정돈을 잘하지 못하는 편인 데다 바빴고 남편은 아무 데나 물건을 놔 두고 옷을 벗어 놓는 사람이었다. 그는 또 자리를 옮길 때마다 자신의 흔적을 남겼다. 거실에서 안방으로 가고 난 뒤에는 담배나 라이터가 남아 있었고 화장실에는 담뱃재가 허옇게 떨어져 있었다. 얼마 전에는 그가 뒹굴던 침대와 소파를 정리할 때 그의 비듬을 한 줌이나 쓸어 내기도 했다. 하지만 그는 자신의 살비듬을 보고도 아무렇지 않게 머리를 긁어 댔다.

목뒤에서 땀이 흘러내렸다. 터미널에서부터 한걸음에 달려오는 동안 온몸을 달군 열기가 땀샘으로 솟구치고 있었고 한센병원에서 처방해 준 연고 주위부터 치워야 할 것들이 한두 가지가 아니었다. 중개사는 7시에 온다고 했고 시계는 어느덧 6시 20분을 가리키고 있었다. 나는 일단 부여 능산리 고분에 관한 자료와 1층 현관에서 우편물을 쑤셔 넣은 가방을 주방 옆의 작은방으로 던져 넣었다. 옷은 갈아입지 못했다. 그렇지 않아도 빠듯할 시간이었다.

집을 내놓은 뒤부터 되도록 우리는 우리다운 삶의 방식을 버려야 했다. 적당히 어질러 놓고 적당히 게으른 흔적을 집 안 곳곳에 늘어놓는 것은 우리만의 삶의 방식이었다. 그랬던 내가 부동산 중개사로부터 전화가 걸려 오기만 하면 대청소를 하고 집을 그럴싸하게 포장하느라 바빴다. 자질구레한 것들은 모두 여기저기로 쑤셔 넣거나 집어넣고 가구와 바닥은 윤을 내며 우리 집만의 핵심을 살리는 데 주력했다. 이것은 몇 번의 이사를 하는 동안 터득한 청소 방법이었다.

청소를 하는 동안 안나와 남편의 카드 명세서는 까맣게 잊었다. 아침 일찍부터 숨 가쁘게 다녀온 부여의 능산리도 잊어버렸다. 나는 집을 보러 오는 사람에게 보여도 되는 것과 보여서는 안 되는 것만 생각했다.

궁사였던 시외할아버지가 남겨 주셨다는 활과 전국체전 기념 도자기와 값나가는 한국화 같은 것들은 타인에게 보여 줘도 되는 것이었고 땀에 전 양말과 속옷, 널브러진 그릇과 음식 찌꺼기와 변기 가장자리에 튀어 있는 마른 설사 흔적 같은 것은 보여 줘서 안 되는 것이었다. 보여 줘도 되는 것들은 정리를 해야 했고 보여 줘서는 안 될 것들은 감추어야 했다. 40분 동안 나는 빨래를 개고 거실에 널려 있는 남편의 셔츠와 면바지와 양말을 아침에 벗어 놓은 내 옷과 함께 세탁기에 돌리고 그릇들을 씻어서 설거지 선반에 얹어 놓았으며 청소기를 돌리고 걸레로 닦았다. 그래도 얼마나 오래됐는지 알 수 없는 싱크대의 찬장과 화장실은 어쩔 수가 없었다. 싱크대의 찬장과 화장실의 묵은 때도 보여 줘서는 안 되는 것에 속하는 것이겠지만 강력한 세정력을 가진 세제를 사 오기 전에는 아무 방법이 없었다.

중개사의 전화는 전주 톨게이트를 통과할 때 받았다. 그때만 해도 나는 집을 치우는 데 한 시간 정도 여유가 있을 것이라고 생각했다. 그런데 나는 도심의 도로 사정을 예측하지 못했고 예상보다 20분이나 늦게 집에 도착했다. 그 짧은 시간 동안 나는 기계적으로 움직였고 대충 정리를 마치고 났을 때는 온몸이 땀으로 흠뻑 젖었다.

인터폰은 약속한 7시보다 5분 늦게 울렸다. 모니터에는 낯이 익은 사십 대 여자의 얼굴이 들어 있었고 나는 여자의 동그란 눈을 마주 보면서 집을 보러 오는 사람은 이번이 마지막이기를 빌었다.

지난봄부터 변두리에 있는 이 오래된 아파트의 1502호에는 미술학원보다 더 많은 사람들이 다녀갔다. 젊은 신혼부부부터 나이 지긋한 노인까지 다녀간 사람들도 다양했다. 나는 그들이 우리 집 현관에 구두를 벗고 들어올 때마다 모든 방문을 열어 주었고 그들은 앞 발코니부터 뒤 베란다까지 샅샅이 살피고 돌아다녔다. 키가 작고 몸집이 작은 부동산 중개사는 그들의 뒤를 가만가만 따라다녔다.

"바다가 보이는 전망이 아주 좋죠? 이 도시에서 이 집만큼 전망이 좋은 집은 또 없을 겁니다."

그때마다 집을 보러 온 사람들은 이렇게 말했다.

"근데 고쳐야 할 데가 너무 많군요. 돈이 꽤 들겠어요."

고쳐야 할 곳이 많다는 것은 나도 인정하는 부분이었다. 창문도 베란다 새시도 방문도 화장실이나 싱크대만큼 낡고 오래된 것이었다. 하지만 나는 잠자코 그들을 바라볼 뿐이었고 부동산 중개사는 손사래를 쳤다. 하지만 사람들은 중개사의 말에 더 이상 대꾸하지 않은 채

돌아갔고 지금까지 집을 사겠다고 말한 사람은 아무도 없었다.

그들은 그렇게 집을 보고 가면 그만이었으나 나는 그들이 집을 보고 갈 때마다 그들에게 내 알몸을 보인 것 같다는 생각이 들었다. 내가 흘린 머리카락이 그들의 발에 밟히는 것을 보는 것과 안방의 부부용 침대를 내보이는 것은 분명 다른 기분이었다. 집을 내놨다는 이유 하나 때문에 선선히 방문을 열어 주긴 했지만 화장실까지 들여다보고 나서 아무 연락이 없는 그들을 생각하면 집을 그만 내놓고 싶은 생각이 간절했다.

하지만 남편의 미술 학원은 몇 달째 만성 적자에 허덕이고 있었다. 남편이 집을 팔아서 빚과 밀린 학원 월세를 정리하고 다시 새로운 일을 시작하고 싶다고 말한 건 지난봄부터였고 내 생각에도 집을 파는 것 말고 다른 방법은 없어 보였다. 그러니까 나는 집을 보러 온 사람들이 안방의 침대 시트까지 들춰 본다 해도 그들을 꾹 참아 내야 한다는 말이었다.

현관문 밖에는 부동산 중개사와 두 명의 남자가 서 있었다. 중개사는 전망이 좋은 집이라는 사실을 또다시 강조했고 두 남자는 발코니에 서서 바다를 바라보며 잠자코 고개를 끄덕였다. 두 남자는 현관문 옆의 방과 안방과 주방 옆의 방을 지나 주방의 창을 내다보았다. 주방의 작은 창으로는 외딴집 아래 넓은 땅을 모자이크하고 있는 텃밭들이 보였고 해가 외딴집 너머 지평선 가까이 내려앉고 있었다.

"아버지께 차라리 밭이나 한 백 평 사 드리는 게 낫지 않겠어? 소일이나 하면서 사시라고 말이야."

"야! 팔십 넘은 노인이 어떻게 농사를 지으시겠냐?"

이 말을 하고 키 작은 남자는 보일러와 세탁기가 있는 뒤 베란다를 한참 동안 들여다보았다. 키 작은 남자는 나를 돌아보지 않은 채 물었다.

　"보일러는 언제 교체하셨나요?"

　나는 당황했다. 우리가 이사 온 뒤 보일러를 교체한 적은 한 번도 없었고 언제 교체했는지도 알지 못한 상태였으며 지난겨울에는 작동이 잘되지 않아 A/S 기사를 부르기까지 했다. 나는 보일러에 대해 얼버무렸다.

　"교체한 적은 없는데…, 고장은…."

　두 남자는 곧장 등을 돌렸고 주방 옆의 방을 다시 들여다보았다. 그들은 방에 던져 놓은 능산리 고분의 자료 표지를 찬찬히 들여다보는 것 같았다. 말없이 고분의 자료 표지를 바라보다 돌아가는 두 남자 역시도 집을 살 것처럼 보이지는 않았다.

　바람을 쐴 겸 남편의 친구 부인을 따라간 고분군은 부여에서 논산 쪽으로 3킬로미터 정도 떨어진 곳에 있었다. 산은 해발 121미터로 매우 낮았고 산의 남쪽 기슭에 일곱 기의 무덤이 열을 이루었다. 사비 시대에 백제를 다스렸던 성왕, 위덕왕, 혜왕, 법왕, 무왕이 무덤들의 주인들이었다. 1500년이 지나서 복원된 고분들과 조금 떨어진 곳에 새로 지은 무덤 두 기가 있었다. 1340여 년 만에 부여 땅으로 돌아온 의자왕과 부여융의 무덤은 왕과 왕자의 무덤이라고 하기에는 너무도 소박해 보였다.

　능산리의 고분군에 있는 의자왕의 무덤은 가묘였다. 백제가 패망

할 당시 의자왕은 당에 끌려가서 병사했고 북망산의 봉황대 일대에 묻혔다는데 확실한 건 밝혀지지 않았다. 다만 북망산에서 출토된 부여융의 묘지석이 그런 추측을 하게 했고 중국의 하남성 낙양시 맹진현에서는 1999년에 부여융의 묘지석을 복제해서 기증해 주었다. 이듬해 봄에 낙양시 북망산에서 영토 반혼제를 올리고 영토를 모셔 와 고란사에 봉안하였다가 같은 해 구월 그믐날에 선왕의 능원에 자리를 마련하였다. 1340여 년 만의 귀국이었고 무덤은 왕의 것이라고 칭하기 어려운 것이었다. 하지만 의자왕과 부여융은 중국에다 모든 것을 빠뜨리고 왔다. 우리는 의자왕의 무덤 앞에서 세계문화 회장의 해설을 들었다.

"예식진이라는 배신자가 없었다면 백제는 충분히 전세를 뒤집어엎었을 수도 있었습니다. 백제는 의자왕이라는 구심점을 잃었기 때문에 패망할 수밖에 없었던 거지요."

세계문화 회장의 얼굴에도 그의 말을 듣는 회원들의 얼굴에도 땀이 흘렀다. 바람이 불지 않았고 발밑에서 햇빛에 달구어진 땅의 열기가 올라왔다. 건조한 우기였다. 손수건으로 땀을 닦는데 선풍기를 켜놓고 학생들을 지도하고 있을 남편이 떠올랐다. 남편은 겨우 한두 명의 학생을 지도하고 있을 뿐인데 조금도 집값을 깎아 줄 줄을 몰랐다.

남편의 친구 부인이 보여 준 세계문화는 격월로 발간되는 이 지역잡지였다. 내가 세계문화를 볼 때 남편은 수채화를 막 시작하는 학생의 물통에 물을 채워 주고 있었고 이미 다른 학생의 자리에서는 붓을 빨고 있는 소리가 났다.

수채화는 남편이 가장 좋아하는 분야였다. 스케치북과 휴대용 물감만 있으면 장소를 불문하고 어디서나 쉽게 표현할 수 있다는 이유에서였다. 대학 시절 전공을 기억해 내고 남편이 미술 학원을 차린 건 수채화 때문이었다. 더 정확히 말하면 전업 작가가 되고 싶어서였는데 내 귀에는 놀고먹겠다는 소리로 들렸고 나는 그렇게 이해했다. 미술 학원을 운영하면 생활비 충당도 되고 그동안 꿈꾸었던 전업 작가의 길로 한 발 다가설 것이라며 나를 설득했다. 하지만 초과 채용 인원 정리 대상에서 자신은 제외될 거라고 했던 예상처럼 재취업 대신 미술 학원을 차린 남편의 예상은 빗나갔다. 수채화를 보고 감상하는 것을 좋아하는 사람은 많았지만 돈을 들여 가며 직접 그리고 배우는 수고까지 좋아하는 사람은 그다지 많지 않았다.

미술 학원과 작업실을 같이 사용할 수 있을 만큼의 평수를 가진 자리를 알아보고 재료와 아그리파 같은 석고상과 책상과 의자 이젤 따위를 사들이는 데 적잖은 돈이 들었고 돈은 아주 느리게 돌아왔다.

지난 몇 달 동안 남편과 나는 겨우 살았다. 우리는 김치에 밥을 먹고 미술 학원 겸 작업실에는 언제 올지도 모를 수강생들을 위해 정물 수채화에 필요한 장미꽃 다발과 바나나와 파인애플을 구입했고 남편이 사용할 전문가용 이젤과 아르쉬 수채화 종이, 쉬민케와 쿠사카베 같은 수채화 물감들을 사들였다.

결국 남편은 틈틈이 대리운전을 시작했고 작업실에서 그림을 그리는 시간보다 처음 본 사람들의 차 안에서 보내는 시간이 더 많아졌다. 나는 식당에서 파트타임을 뛰었다. 할 수 있는 일이 그런 것밖에 없다는 현실에 우울하긴 했지만 미술 학원과 아파트를 처분할 때까지 유예기간이 늘어났다는 사실로 위안을 삼을 수밖에 없었다. 그때 남편의 친구 부인이 세계문화를 들고 왔다. 뜻밖에 남편은 답사 여행을 반대하지 않았다. 답사를 가기 전날도 나는 오후 3시까지 퓨전 한정식집에서 설거지를 하고 남편이 대리운전을 하는 동안 수강생이 한 명도 없는 미술 학원을 지켰다.

나는 미술을 좋아하지 않았다. 남편이 교류하는 전업 작가들 중 몇 명을 제외하고는 대부분이 극빈의 생활을 하고 있다는 것을 알고 있었고 그런 생활에 지쳐 아이들마저 놓아두고 집을 나가 버리는 아내를 몇 번이나 묵도했었다. 남편이 얼마 안 되는 퇴직금을 쏟아부은 뒤부터는 더욱더 미술을 싫어하게 되었다. 하지만 얼마라도 원금을 회수하려면 미술 학원을 소홀히 할 수 없었다. 숙제하듯이 사는 내게 남편 친구 부인의 제안은 나를 환기시켜 주는 한 줄기 바람 같은 것이었다. 남편은 갑자기 밝아지는 내 얼굴을 보고 흔쾌하게 다녀오라고 했다.

주방의 작은 창으로 바람이 불어 들어왔다. 외딴집을 둘러싸고 있는 나무들 뒤로 하루해가 지고 있었다. 선홍빛으로 하늘이 붉었고 나무들의 그늘이 깊어졌다.

우리가 이곳으로 막 이사를 왔을 때만 해도 해가 지는 무렵이면 외딴집의 굴뚝에서 연기가 올라왔고 어둠은 키가 크고 머리가 허연 노인이 마당을 쓸고 있는 사이 빠르게 내렸다. 그리고 작은 방 한 칸에 부엌 한 칸뿐일 것 같은 외딴집의 작은 창문에 희미한 불이 밝혀졌다. 하지만 저 외딴집에는 2년 전부터 불이 켜지지 않았다. 가끔 노인이

풀숲에 묻힌 좁은 길을 올랐다 옥수수나 토란 밭을 돌보고 내려갈 뿐이었다.

저녁을 지어야겠다고 싱크대 앞까지는 왔는데 손가락 하나도 까딱하기 싫다는 생각이 들었다. 그러나 남편은 5분 간격으로 출입문 위에 걸린 시계를 바라보곤 할 것이었다.

중학교나 고등학교 진학을 위한 학생들이 드문드문 상담을 하러 오기 전까지 낡은 구형 티브이를 보거나 전문가용 이젤 앞에 앉아 아르쉬 수채화지에 4B연필로 장미꽃 다발을 스케치하며 누군가를 기다리는 일밖에 할 일이 없었다. 그나마 상담을 마치기도 전에 학부모들은 전화를 끊거나 돌아갔고 그들은 거의 입시 전문 대형 학원에 등록을 했다.

남편이 꾸리는 학원은 아무리 청소를 해도 펄이 풍기는 갯내는 없어지지 않았다. 구석진 어딘가에서 불가사리가 뒤집어진 채로 썩어 가고 있는 것만 같았다. 내가 갈 때마다 락스와 세제를 사용해 화장실과 실내 청소를 해도 비릿한 냄새는 사라지지 않았다. 몇 주 전에는 내가 커다란 조개껍데기 안에 갇혀서 손등의 핏줄이 튀어나올 정도로 힘을 가하며 패각근을 열려고 몸부림치는 꿈마저 꾸었다.

화장실의 지린내는 온전하게 남편이 흘리는 소변 냄새임이 분명했다. 왜 소변기 안이 아닌 바깥의 바닥에 소변을 흘리고 닦아 내지 않은 건지, 붓을 빤 오만 색깔의 탁한 물을 수챗구멍이 아닌 세면대에 쏟아 버리는지 나로서는 이해할 수가 없었다.

남편은 학생들이 오고 가는 계단이나 학원의 실내에서도 담배를 피웠고 허연 담뱃재 가루가 학원의 바닥뿐 아니라 소품 위에 더께를 더하고 있었다.

상담을 위해 아이들과 학원을 찾아온 학부모들은 학원 입구의 첫 계단에 올라서자마자 불편한 표정을 지었다. 아이들보다 학부모의 마음을 움직이는 것이 학원 등록으로 이어지는데 남편은 이 부분에 아무리 주의를 줘도 신경을 쓰지 않았다.

개인 작업실로 생각하는 것은 더 큰 문제였다. 남편은 시기는 알수 없지만 자신의 작업에 필요할 것이라는 주장으로 눈에 띄는 것들을 주워다가 쌓아 두고 있었다. 지난가을 태풍에 쓰러진 커다란 나뭇가지를 비롯해 누군가 버린 한쪽 눈이 없는 곰돌이 인형, 부조 형식의 작업에 쓸 거라며 모아 둔 골판지 등은 내가 보기에도 민망했다. 재활용품을 모아 둔 고물상 같았지만 더 이상 말을 하면 잔소리로 받아칠 것이 분명했다. 남편은 정리와 청소가 무엇인지 알려고조차 하지 않았다.

나는 주방의 창으로 그늘이 깊어지는 외딴집을 내려다보다 가방에서 핸드폰을 찾아왔다. 기다렸다는 듯이 남편은 신호가 가자마자 전화를 받았다.

"방금 집 보고 갔는데, 이번에도 아닌 것 같아."

피곤해서 학원에 가지 못하겠다는 말은 할 수 없었다. 남편도 그냥 쉬라는 말은 하지 않았다.

"어, 그래?"

남편의 대답은 힘이 없었다. 남편 역시도 집이 쉽게 팔릴 거라고 생각하지 않았지만 이번에도 틀린 것 같다는 말을 들을 때는 기운이 빠지는 모양이었다. 아마도 통화가 끝나자마자 남편은 담배에 불을 붙이고 길게 연기를 빨아들였다가 뱉어 낼 것이다. 나는 조용하게 그리고 깊게 숨을 들이마시고 내쉬었다. 아니다 싶으면 그냥 미술 학원 문을 닫고 다른 일을 하면 될 걸 왜 굳이 집만 팔려고 하느냐는 말이 겨우 목젖에 걸렸다. 나는 외딴집을 물끄러미 내려다보았다. 내 입에서는 내가 생각했던 말과는 전혀 다른 말이 나왔다.

"금방 내려갈게."

또다시 바람이 불어왔다. 감자와 호박에 풋고추가 들어간 된장찌개가 끓고 밥이 쾌속으로 익어 갈 때 해는 완전히 지평선 너머로 사라졌다. 마른장마답게 손톱만큼 작은 구름 하나도 없는 맑은 하늘이었다. 나는 남편의 저녁 도시락을 싸면서 그냥 이대로 쭉 이 집에서 살면 좋겠다는 생각을 했다. 이렇게 외딴집을 내려다보면서. 또 내게는 이사만큼 복잡하고 골치 아픈 일도 없었다. 우편물을 보내 줄 만한 곳은 모두 주소지 변경 신청을 해야 하고 아무리 꼼꼼하게 챙겨도 뭔가 한두 가지는 잃어버리거나 빠뜨리는 게 이사였다.

지금까지 모두 네 번의 이사를 했다. 그 네 번의 이사 때마다 우리는 뭔가 한 가지씩 잃어버리거나 빠뜨렸다. 힘들게 여름을 나곤 했던 시멘트 벽돌집에서 스물네 평 임대 아파트로 이사할 때 우리는 할머니가 주신 놋수저 두 벌을 잃었다. 다시 외곽 지대에 있는 비슷한 크기의 임대 아파트로 이사할 때는 남편이 선물 받은 지포라이터를 잃었으며 미르인가 미에르인가 하는 잡지의 주소지 변경 신청을 빠뜨렸다. 임대가 분양으로 전향되면서 돈을 미처 구하지 못한 우리는 군 단위의 시골에 집을 얻고 다시는 무엇이든지 잃지 않겠다고 꼼꼼히 체크했었지만 두 번밖에 안 신은 내 구두를 잃었다. 네 번째인 이 오래

된 아파트로 이사 올 때는 시할머니로부터 물려받은 물푸레나무 제기한 세트를 잃어버렸다. 하지만 집을 팔지 않고 우리의 문제를 해결할수 있는 방법은 전혀 없었다.

나는 이 인분의 밥과 반찬이 든 가방을 들고 안나의 우편물과 남편의 우편물이 든 가방을 크로스로 멨다. 엘리베이터 안에서 안나의 우편물을 열어 보았다. 우편물은 특허청의 의견 제출 통지서였다.

'이 출원 서비스 표는 지정 서비스업의 서비스업 분류가 잘못 기재된 서비스 표이므로 등록을 받을 수 없습니다. 의견이 있거나 보정이 필요한 경우에는 상기 제출 기일까지 의견서 또는 보정서를 제출하시기 바랍니다.' 여기까지 읽었을 때 안나는 사후 처리에 필요한 화장 상담을 하는 사람이거나 화장 서비스업을 하는 사람인 것 같았다.

'원본을 보내신 것 같아 장례 지도사 자격증을 동봉합니다'는 마지막 문구로 보아 안나는 장례 지도사 자격증을 가지고 화장 서비스업에 필요한 특허출원을 요청했을 것이라는 생각에 멈췄다. 출원인의 주소는 우리 집 주소 그대로였다.

한동안 나는 안나를 잊었다. 처음 이사 와서는 이틀이 멀다 하고 1502호 우편함에 꽂혔다는 사실도 반송함에 넣은 우편물이 뒤돌아서면 되돌아와 있었다는 사실도 까맣게 잊어버렸다. 안나는 1502호에서 살다 이사를 갔을 뿐 나는 안나를 한 번도 본 적이 없었다. 내가 안나를 잊는 것은 자연스러운 일이었다.

하지만 부동산 중개사에 집을 내놓고 난 뒤 또다시 안나의 우편물이 우리 집의 우편함에 꽂히기 시작했다. 그것뿐만이 아니었다. 지난

봄 어느 날 저녁에는 인터폰이 울리기까지 했다. 힘이 없고 여자 같은 음색에다 갈라진 목소리의 경비는 인터폰으로 물었다.

"1502호죠? 김안나라는 분, 거기 안 살죠?"

그 순간 나는 이게 무슨 소리인가 싶었다. 거실 창에 눈이 동그래진 내 모습이 비쳤고 내 머릿속에는 이 아파트의 세대수가 고작 500세대라는 사실이 떠올랐다.

"당연히 없죠. 잘 아시잖아요?"

"퀵 서비스하시는 분이 확인을 해 달라고 해서 인터폰을 했습니다. 쉬십시오."

경비의 목소리가 멀어지면서 누군가에게 설명하는 소리가 희미하게 들리더니 인터폰은 끊어졌다. 그러자 얼마 전까지 안나의 우편물을 반송함에 자주 넣곤 했다는 사실이 떠올랐다. 나는 황당했다. 이사를 간 지 삼 년이 넘어서도 퀵 서비스까지 오게 만드는 안나라는 사람은 어떤 사람인지 한 번 만나 보고 싶어졌다.

나는 경비실 앞에서 걸음을 멈췄다 그대로 지나쳤다. 벌써 전조등을 밝힌 차들이 이른 귀가를 하고 있었고 차들이 지나칠 때마다 매캐한 매연이 맡아졌다. 경비원에게 안나를 물어봤자 고개만 갸우뚱거릴 게 뻔했다.

아파트 정문을 나설 때 메고 있는 가방에서 벨 소리가 들렸다. 전화를 받을 때마다 언제나 '해 뜨는 공인중개삽니다.' 라고 밝히는 중개사의 전화였다. 여름이 가기 전에 이사를 하려는 사람이 생각보다 많은 모양이었다. 전화기 너머에서 중개사는 다급하게 방문할 시간을 말했다.

"4시로 하면 좋겠는데요. 제가 그 전에는 안 될 것 같아요."

전화기 속에서 중개사의 목소리는 작아졌다. 아마 우리 집을 보고 싶다는 사람과 내가 가능하다고 말한 시간을 조절하는 모양이었다. 그동안 나는 스마트폰을 귀에 댄 채 우리의 아파트를 올려다보았다. 우리의 아파트 창문은 캄캄했고 바로 그때 아래층에는 불이 켜졌다.

남편은 미술 학원에 없었다. 이십 평의 학원 문을 열자 나를 반긴 것은 아그리파와 비너스 석고상이었다. 낮은 의자 옆의 물통들은 물 냄새를 풍기고 정물용으로 배치해 둔 바나나와 파인애플과 장미꽃 다발 등이 썩어 가고 있는 것이 눈과 코로 보이고 맡아졌다.

나는 남편이 돌아올 동안 『수채화 쉽게 완성하는 법』이란 책을 책상에 꺼내 놓고 들여다보았다. 남편이 하루 동안 흘린 땀과 뱉어 낸 담배 연기가 가지고 간 된장국 냄새와 학원의 비릿한 냄새가 뒤섞여 나는 결국 수채화를 쉽게 완성할 수 있다는 비법을 두 장도 넘기지 못했다.

저녁 시간에 남편이 갈 곳은 화장실밖에 없었고, 그가 화장실에서 보내는 시간은 길었다. 하지만 화장실에 남편은 없었다. 주머니 속에 손 하나를 넣은 채 『수채화 쉽게 완성하는 법』을 다시 들여다보는 동안에도 내 머릿속에 떠오른 것은 중개사의 전화뿐이었다. 중개사는 잠시 동안 의논을 하더니 4시로 약속을 잡았다. 내가 이 약속 시간을 지키려면 일이 끝나자마자 택시를 타고 달려와야 했다.

남편은 내가 미술 학원에 온 지 20분이 넘도록 돌아오지 않고 있었다. 남편의 목소리를 들은 건 내가 청소를 해야겠다고 생각하며 밀걸레를 찾아 화장실 문의 입구에 다다랐을 때였다. 미술 학원이 세 든 3 층 건물의 시멘트 담장 밖에서는 남편과 건물 주인의 목소리가 들려왔다.

"예, 알죠…, 월세는 집이 팔리는 대로 드릴 테니 기다리신 김에 조금만 더 기다려 주십시오."

"필요한 재료와 소품인데… 이해해 주세요."

나는 담장 밖으로 뻗은 무화과나무 가지를 올려다보았다. 내가 볼 때 남편은 기약 없는 희망과 욕심으로 건물 주인을 설득하고 있었다. 무화과나무 가지 사이로 초여름의 유성이 길게 떨어졌고 잠깐 침묵이 흐른 뒤 텁텁한 목소리가 대문을 넘어왔다.

"잘 알고 있겠지만 우리는 이 건물 하나 보고 사네. 자네 사정 봐주느라고 빚을 낼 수는 없잖은가?"

"늙은이 내외가 3층에서 살고 있는 것은 알고 있지 않나. 날이 더워지면서 주먹만 한 바퀴벌레들이 2층에서 올라온다고 집사람이 자꾸 잔소리를 해 대서 하는 말이지. 뭐, 내 눈에도 시답잖게 보이기도 하고…."

"예, 잘 알고 있습니다. 하지만…."

"그러니 하는 말이네. 그러니까…."

그쯤에서 나는 학원으로 돌아왔다. 가지러 갔던 밀걸레는 까맣게 잊고 있었고 교회의 십자가를 바라보다가 생각이 났다. 끝까지 들어봐도 결국 그 말이 그 말일 터였다. 남편은 조금만 더 기다려 달라는 말과 쌓아 둔 자신의 보물들을 버리지 못해 미안하다는 말만 되풀이할 것이고 건물 주인은 세가 들어오지 않아 힘들다는 입장만 피력할

게 빴했다.

나는 2층의 철책 난간에 매달리다시피 동동거리며 수채화 같은 동네의 낡은 풍경을 물끄러미 바라보았다. 붉게 빛나는 교회 십자가 위로 새 한 마리가 길게 포물선을 그리며 날고 있었다. 문득 가방에 넣어 둔 안나의 우편물을 꺼내 종이비행기를 접어 날리고 싶어졌다.

남편은 미련한 사람이었다. 학원의 월세가 자신이 받았던 몇 달 치 월급만큼 밀릴 때까지 학원 겸 작업실을 고물상으로 만들어 가면서 수강생들이 들어오기만을 기다리고 있는 사람을 그렇게밖에 달리 표현할 말이 없었다.

남편은 미술 학원을 차릴 만큼 사교성이 있는 사람이 아니었다. 어린이 교육서를 출간하는 잡지사의 삽화 담당 부서에서 밀려난 뒤 미술 학원을 차린 건 자신이 할 수 있는 최선책이라고 생각해서였다. 이제 그 최선책은 낡은 아파트를 팔고 다시 집을 사기 위해 고군분투하는 것으로 수정될 것이었다.

도시락은 미지근하게 식어 있었다. 나는 남편을 기다리는 동안 책상 한쪽에 미술 관련 책자와 함께 놓여 있는 세계문화를 들춰 보았다. 남편은 내가 세계문화를 제자리에 놓을 때 돌아왔다. 나와 눈이 마주치자 아무 일도 없었다는 듯이 남편은 잠자코 책상 앞에 앉아 저녁을 먹었다. 듬성듬성한 치아 사이로 낀 음식물을 젓가락으로 파내면서 먹는데도 금세 된장찌개가 바닥을 보이기 시작했다.

문득 숟가락으로 감자를 건지다 말고 남편이 나를 보았다.

"지금, 은행 금리가 굉장히 낮다며? 그래서 전세가 없대. 전세를 월세로 돌리는 사람들이 많아서."

이 말은 곧 집을 파는 것도 어렵지만 집을 얻기는 더 어렵다는 말도 되었다. 그것도 남편이 집값을 조금 내리는 경우에 한하는 이야기이기도 했다. 남편이 집값을 내리지 않는 한 나는 주방의 창으로 유달산 언덕의 외딴집과 주변을 모자이크하고 있는 텃밭들을 보면서 살 수 있을 것이었다. 하지만 그런 상황이 되기에 남편의 카드 빚과 학원의 밀린 월세는 너무 큰 걸림돌이었다. 나는 이 인분의 밥을 순식간에 먹고 있는 남편을 보면서 안나를 생각하고 의자왕을 떠올렸다.

의자왕의 무덤은 고분이라고 할 수도 없었고 고분이 아니라고도 할 수 없었다. 의자왕은 분명히 1340여 년 전 왕이었고 무덤은 2000년에 지어졌으니 고분이라고 하기에는 불편했다. 영토를 모셔 온 곳은 부여융의 묘지석이 발견된 지점을 중심으로 반경 4킬로미터 내였다. 중국 정부의 허가가 나지 않아 조사를 할 수 없었다고 했고 부여군에서는 영토로 이장을 대신했다. 의자왕의 이장은 역사와 자존심의 회복일 것이었다.

영토가 봉안된 작은 능은 복제품 전시장을 건너 고분능으로 가는 길목에 있었고 7기의 고분군은 산길 너머에 있었다. 세계문화 회장은 회원들을 의자왕의 무덤 앞으로 이끌었고 예식진에 의해 당에 끌려간 뒤 1340여 년 만에 이장된 의자왕의 무덤이라고 설명했다. 세계문화 회장이 설명을 하는 동안 뭉게구름이 그늘을 드리우며 지나갔다. 그때 나는 손차양을 한 채 의자왕의 무덤을 바라보고 있었고 다른 회원들은 내 옆에서 혀를 끌끌 찼다. 그 가운데서도 나이 든 회원들은 뼈 대신 영토가 봉안되었다는 사실을 딱하게 여기는 듯했다. 그들은 의자왕이 나라를 뺏긴 임금이라는 사실보다 이국땅에 뼈를 잃어버렸다는 사실을 더 애통해하는 것 같았다.

따지고 보면 삶이란 분실과 흘림의 연속일지도 몰랐다. 그러므로 삶은 내 생각에 딱 두 가지 유형으로 구분하면 될 것 같았다. 의도적인 분실과 의도하지 못한 분실. 나는 안나를 이해할 수도 있을 것 같았고 의자왕의 귀국도 인정할 수 있다는 생각이 들었다.

우편함에는 1층 현관 맞은편에 있는 안전등의 불빛이 비치고 있었다. 낮 동안 부유하던 먼지는 다시 우편함 위로 내려앉아 보이지 않았다. 지하 주차장으로 내려가는 계단은 어두컴컴했고 엘리베이터 앞은 아파트로 올라오는 도로만큼 밝았다. 우편함 앞에서는 우리가 올라온 도로가 보이지 않았다. 1층 현관은 아파트 뒤편에 있고 보이는 것은 가파른 경사의 언덕과 텃밭들의 토란과 옥수수와 군데군데 서 있는 나무들의 윤곽뿐이었다.

나는 우편함을 보자 안나의 우편물과 숨 가쁘게 청소를 했던 오후가 떠올랐다. 그래서 손가락으로 귀를 후비며 앞장서서 걷고 있는 남편을 불렀다.

"내일은 4시에 집 보러 온대. 학원에 좀 늦을 거 같으니까 문 잠그고 나가."

남편은 뒤를 돌아보지 않고 고개를 끄떡이며 물었다.

"집값을 좀 내려야 할까? 그러면 집이 팔릴까?"

트림을 했는지 된장국 냄새가 내 코끝을 스치며 지나갔다. 내 대답은 간단했다.

"빨리 집을 팔고 싶다면."

그의 머리가 커다랗게 끄떡여졌다. 엘리베이터는 18층에 머물러 있었고 1층으로 내려오기까지는 시간이 꽤 걸릴 터였다. 나는 가방에서 안나의 우편물과 남편의 우편물을 꺼냈다. 개봉된 안나의 우편물을 다시 반송함에 넣을 수는 없었다. 나는 바로 옆에서 빛나고 있는 놀이터의 안전등을 잠시 바라보다가 놀이터로 발길을 돌렸다. 그리고 해가 떠 있을 동안 아이들이 뛰어놀았을 모래 더미 속에 안나의 우편물을 묻었다.

밤의 놀이터에는 아무도 없었고 놀이터 위의 가파른 언덕을 모자이크하고 있는 텃밭의 토란과 옥수수가 흔들리는 게 보였다. 바람이 나뭇잎 사이를 스치는 시간이었는데 의자왕과 부여융이 고국으로 돌아오는 시간만큼이나 길게 느껴졌다.

언덕 꼭대기에 있는 외딴집이 1층에서는 보이지 않는다는 것을 새삼스럽게 깨달았다. 나는 잠시 숨을 참았다가 천천히 내뱉었다. 그리고 남편의 우편물을 반송함에 넣었다.

목포의
일우(一隅)

그림 하성흡 作

보름째 화선지에 점 하나 찍지 못했다. 대청마루 가운데 펼친 지 보름이었으나 여전히 빈 바탕 그대로였다. 넓게 펼쳐진 종이는 목포 앞바다처럼 끝이 보이지 않는 듯했다. 종이 한 장이 바다였다. 남농은 화선지 앞에서 막막했다. 바다에 나섰으나 갈 곳을 정하지 못한 어부의 심정이었다.

남농은 무릎을 꿇고 등을 구부려 두 손바닥으로 종이를 다시 반듯하게 폈다. 백색 화선지를 구멍이라도 뚫을 것처럼 노려보았다. 수많은 주제와 구도들이 텅 비어 있는 종이 위로 오갔다. 조부와 부친의 그림도 떠올랐고 소년 시절부터 그렸던 그림들도 스쳐 지나갔다. 조부인 소치와 선친인 미산의 그림은 이 땅의 풍경이 아니었다. 이 땅에서는 볼 수 없는 산과 계곡에 앉아 있는 노인들 역시도 이 땅의 사람들로 보이지 않았다. 남농은 눈에 힘을 주었다. 여태 그리고 보아 왔

---

* 「목포의 일우」는 1944년에 발표된 남농 허건의 그림 명제이다.

던 그림과 다를 것 없는 그림을 그리면 안 될 것이었다. 이전의 그림들을 뛰어넘는 그림을 그려야 했다. 새롭게 그리는 그림은 언제나 앞에 그린 그림을 뛰어넘었다. 그러니 대청마루에 펼쳐 놓은 화선지에는 더 새로운 그림을 그려야 할 터였다. 선전에 당선된 그림들은 해마다 이전의 그림과 다른 경지를 보였다. 농담의 기법과 구도가 이전의 그림을 대담하게 뛰어넘고 있었다.

단전에서부터 묵직한 한숨이 겨우 넘어와서 화선지 위에 깔렸다. 떠오르지 않는 그림을 억지로 떠올리려 한다 해서 그려질 그림이 아니었다. 남농은 화선지 위에서 허리를 폈다. 바닷가에 산책이라도 다녀올 심산이었다. 봄이 오니 바다가 고왔다. 거기에 낙조라도 질라치면 서른일곱 사내의 가슴이 까닭 없이 두근거렸다. 그런데 허리를 펴는 남농의 얼굴이 일그러졌다. 상체의 무게가 무릎에 실리면서 머리 끝까지 통증이 단숨에 치고 올랐다. 남농은 눈을 꼭 감고 통증을 목울대 깊숙이 삼켰다.

"끙-!"

스물여덟부터 시작된 골습(骨濕)이었다. 골습을 앓게 되면서 무엇보다 걸음이 불편해졌다. 앉았다 일어날 때는 앞니를 아랫입술에 깊게 박아야 했다. 그런 골습은 신기하게도 화선지를 가까이 마주할 적이면 통증이 멀어졌다. 그림이 통증을 멀리 밀어내는 것이라는 것을 알았다. 그것은 그림 속으로 들어가는 집중력이었다. 남농의 신음소리를 부엌에서 나오던 아내가 듣고 돌아보았다.

"저놈의 그림은 또 어느 세월에 다 그릴 것인지…. 허구한 날 빈 종이만 쳐다보다 바다로 나가니 원."

일부러 큰 소리로 중얼거리는 것이 남농이 들으라는 혼잣말이었다. 불편한 무릎으로 또 바다에 가느냐는 타박이기도 했다. 남농은 아내를 보았다. 하지만 생각을 찾으러 산책을 나간다는 말을 할 새는 없었다. 아내는 벌써 대문을 나서고 있었다. 끼닛거리를 구하러 가는 길일 터였다. 가난한 화가를 만나서 종종 남농을 찾는 손님 치다꺼리에 끼닛거리까지 궁리해야 하는 아내의 뒷모습은 그림자마저도 앙상하게 길었다. 남농은 아내의 뒷모습을 잠시 지켜보았다. 타박은 아내가 삶을 견디는 방식일 터였다. 그림을 그리는 일은 가난을 통째로 껴안고 사는 일이었다. 화가의 가난은 골습과 같았다. 그런 화가를 따라 살겠다고 날마다 고단하게 종종거리는 아내는 그림자마저 가여웠다.

죽동에서 바다까지는 녹록한 거리가 아니었다. 남농은 바다로 가는 길에 여러 번 쉬었다. 더러 그림을 그려 준 이들이 아는 체를 했다. 인사나 답례를 할 그림을 그려 준 이의 불편한 몸을 걱정하기도 했다. 그들은 가난한 조선 사람들이었다. 부유한 일본인들은 남농을 몰랐다. 간혹 아는 자가 있기도 했겠지만 아는 척하는 자는 없었다. 남농은 화려한 기모노와 요란스러운 게다 소리를 눈에 들이지 않고 귀에 담지 않았다.

배가 정박하고 있는 부두는 부산했다. 해가 바뀔수록 일본은 호남을 탈탈 털어서 쓸어 가고 있었다. 배에 짐을 싣는 소란스러운 소리가 부두에서 멀리 떨어진 바닷가까지 들려왔다. 남농은 배에 짐을 싣고 있는 부두를 멀리 등지고 걸었다. 놋숟가락까지 긁어 가는 일본의 발악이 목에 꽉 찼으니 그 끝이 멀지 않을 것 같았다. 하지만 조선은 그 고비가 견디기 힘들어 보였다. 짐을 실어 주고 배에서 땅으로 내려오는 인부들의 발이 허공을 딛는 것 같을 것이었다. 남농은 땀에 전 잠방이와 때에 전 수건에 검게 그을린 얼굴들이 머리에서 떠나지 않았다.

봄이 와서 바닷바람이 부드럽게 부풀었다. 시절이 고약해도 계절은 때를 잊지 않고 찾아와서 바다풀이 파랗게 살아나고 있었다. 파도를 따라서 너울거리는 것은 아마도 톳이나 미역일 것이었다. 썰물이 밀려난 자리에는 조개도 있을 터였으나 남농이 서 있는 곳에서는 보이지 않았다. 남농은 파도가 훑으며 물러나는 자리를 물끄러미 바라보았다. 파도가 훑고 간 자리가 화선지 같았다. 멀미를 느꼈다. 머리를 식히자고 온 산책길이 무거워지고 있었다.

남농은 시선을 들어 수평선을 보았다. 무엇을 그릴 것인가? 어떻게 그릴 것인가? 수평선을 바라보는 눈이 부셨다. 보이지 않는 수평선 너머에서 끊임없이 밀려오는 파도가 보였다. 바다 위에서 봄볕이 들끓었다. 바다가 남농의 생각 같았다. 봄 바다는 수다스러웠다. 남농은 봄 바다에 귀를 기울였으나 파도 소리는 높낮이가 없고 단조로웠다.

머리에 수건을 두른 아낙이 남농의 시야에 들어온 것은 그때였다. 아직 푸릇푸릇하게 젊고 고운 아낙이었다. 아낙은 몇 번 산책길에 마주친 적이 있었는데 썰물이 남기고 간 것들을 줍고 있는 듯 보였다. 바구니에 담긴 해초가 보였다. 미역이었다. 꾸들꾸들한 것이 밥을 싸 먹거나 국을 끓여 먹으면 잃었던 입맛이 살아날 것 같았다. 하지만 산책도 겨우 하는 남농은 바다로 내려갈 수 없었다. 남농은 아낙을 물끄러미 바라보았다. 문득 아낙을 넣은 그림을 그리고 싶다는 생각이 어렴풋이 들었다. 생각은 거기까지였다. 짐을 싣고 내리는 부두가 멀고 바닷가에 홀로 있는 아낙의 구도가 너무 밋밋해서 선전에 내기에는 약할 듯싶었다.

하지만 무엇을 그려야 할지는 희미하게 떠오르는 듯했다. 다만 뚜렷하게 잡히지 않을 뿐이었다. 좀 더 아낙을 지켜보기로 했다. 지켜보면 뚜렷하게 잡히지 않는 것이 잡힐 것 같았다. 막연한 예감이었다.

아낙은 바구니가 가득 차자 남농이 서 있는 길로 올라왔다. 아낙의 시선과 남농의 시선이 봄볕 속에서 부딪쳤다. 아낙의 눈은 맑고 눈동자가 검었다. 고운 얼굴이었다. 남농은 아낙을 빤히 쳐다보고 있는 스스로에게 무안해져서 재빨리 눈길을 돌렸다. 아낙을 비켜 가기 위해 불편한 걸음을 떼는 남농에게 아낙이 수건을 풀어서 미역을 싸 주었다.

"봄 미역이 제법 먹을 만합니다. 한 번 드셔 보시지요."

"아니, 괜찮습니다."

"사람들한테 이야기를 들었습니다. 그림을 그리신다고…."

"…?"

"제게도 자식이 있으니 언젠가는 선생님을 찾을 수 있지 않겠습니까?"

"…."

해가 바뀌기 전부터 여러 번 마주쳤으나 아낙이 말을 걸어온 것은 처음이었다. 목소리가 곱고 다정하다는 생각이 들었다. 남농은 더 거절할 수 없어서 아낙이 건네주는 미역을 받아 들었다. 아낙은 바구니를 옆구리에 끼고 샛길을 오르기 시작했다. 바닥이 고르지 못한 데다

좁고 긴 길이었다. 길 양쪽으로는 밭들이 펼쳐져 있었다. 일제에 밀려 난 사람들이 산자락을 파서 만든 밭이었다. 경사가 가파른 밭에 겨울 을 난 보리 싹이 푸르렀다. 보리를 심지 못한 밭에는 그루터기들이 봄 볕에 바짝 말라 있었다. 콩이나 조의 그루터기 같은데 봄에 감자를 심 으려고 비워 둔 땅인 듯했다. 남농은 비탈지고 돌멩이들이 굴러다니 는 땅에서도 먹을 것을 심어 거두어 내는 조선인들의 삶이 눈물겨웠 다. 남농은 비탈진 땅에서 일구어 내는 조선인의 삶을 그려야겠다고 생각했다. 그림의 주제가 또렷하게 떠올랐다.

어느덧 아낙은 산자락 하나를 넘어서고 있었다. 아낙의 길 앞에 펼 쳐진 산등성이에도 온통 밭이었다. 아낙의 집은 산자락을 두어 개 넘 어서 있을 것이었다. 시야에 잡히는 집이 없으니 그럴 것이라는 짐작 이 들었다. 아낙은 바닷가에서 주운 미역과 조개로 저녁을 지을 터였 다. 남농은 거친 산등성이에 뿌리를 내린 조선인의 삶이 눈부셨다. 또 다른 산자락으로 올라서는 아낙의 주위로 쏟아지는 봄볕이 환했다.

남농은 다시 화선지 앞에 무릎을 꿇고 앉았다. 무릎에서 삐꺼덕 소 리가 났다. 남농은 이 무릎으로 그림을 마칠 수 있을 것인지를 생각했 다. 골습은 매일 같이 오랫동안 무릎을 꿇고 그림을 그리다 보니 피가 통하지 않아서 생긴 병이었다. 겨울에는 불이 들지 않는 대청마루에 서 장시간 무릎을 꿇고 그림을 그려야 했다. 해가 바뀌면서 통증이 더 깊고 무거워졌다. 그런 통증이 붓을 들면 몸 밖으로 밀려난 듯 멀어졌 고 무릎은 무감각해졌다.

찾아오는 이가 많고 그림을 청하는 이가 많았다. 남농은 그림을 청하는 이들을 거절하지 못했다. 그림을 얻어서 어딘가로 인사를 가고 청탁을 하려는 이들의 사정은 모두 고만고만했으나 딱했다.

그림은 여태까지 한 번도 그려 본 적 없는 구도에 담고 싶었다. 남농은 아낙이 올라간 비탈길을 생각했다. 그 구도에서 묵의 농담은 배제되어야 할 듯싶었다. 조부나 선친의 기법이 아낙이 오르던 곳과는 맞지 않아 보였다. 게다가 어차피 선전에서는 더 참신한 기법이 통할 것이다. 그림에 색을 입히기로 결정했다. 새로 시작할 그림에서 남농은 관학풍이나 민간화풍을 좇은 채색을 입힐 수 없었다. 아버지가 가난한 화가의 길을 가지 말라는 유언을 남겼으나 평생 그림을 그리고 싶었다. 평생 그리고 싶은 그림을 그리기 위해서는 선전에서 최고상을 거머쥐어야 했다. 동생 허림이 일본에서 익힌 진채 기법이 떠올랐다. 진채 기법을 쓴 허림의 그림에서 받은 충격은 신선했고 해가 바뀌었음에도 잊히지 않았다.

동생은 스물여섯의 나이로 세상을 떠났다. 타고난 그림 솜씨였으나 허약한 몸이 그것을 받쳐 주지 못했다. 동생이 세상을 떠난 때는 늦가을이었다. 남농이 일본의 대종남종원 공모전에서 입선한 해였다. 하필 그림 제목도 「잔설」이었다. 동생이 세상을 등진 날에는 무서리가 눈처럼 내렸다. 무서리가 녹아 질척거리는 땅 위에서 남농은 눈물을 참지 않고 울었다.

그날처럼 화선지 위로 눈물방울이 떨어졌다. 남농은 잠시 시선을 멀리 밀어서 눈물을 삼켰다. 통증이 척추를 타고 올라서 앉은 자세를 휘청거리게 했다. 멀리 밀어 놓은 시선 속으로 좁은 비탈길을 오르던 아낙이 다시 떠올랐다. 남농은 아낙의 집을 생각했다. 산비탈 밭 가운데 자리하고 있을 아낙의 집은 초가일 것이다. 수숫대로 엮은 울타리가 집을 두르고 있을 터였다. 남농은 그 집에 백목련 한 그루를 더해 주고 싶었다. 봄이니 꽃봉오리가 벌어지는 모습을 그려 넣기로 했다. 그 집의 사립문으로 아낙이 들어서야 했다. 아이가 있다고 했으니 아이를 업은 모습이 좋을 듯싶었다.

구도는 정해졌다. 이제 붓을 들어야 했다. 그새 벼루와 물감이 말라 있었다. 전셋집 대청마루로 봄바람이 쉬지 않고 불어왔다. 방석 위에 꿇어앉은 무릎은 또다시 감각을 잃었다. 부엌에서 풍겨 오는 조깃국 냄새가 남농의 빈속에 희미하게 와닿았다. 아내는 선창의 고깃배에서 대가리가 부서지고 배가 터진 조기를 얻어 왔을 터였다.

다시 물을 부어 간 먹에 남농은 붓을 적셨다. 일단 붓을 들긴 했으나 화선지 위에 선뜻 붓끝을 내려놓지는 못했다. 직접 보지 않은 풍경을 유추한 그림은 관학풍이나 민간화풍을 벗어나지 못할 것 같았다. 아낙이 올랐던 산길이라도 다시 보고 나서 그림을 시작하고 싶었다. 남농은 다시 붓을 내려놓았다.

부엌에서 나온 아내가 한숨을 쉬었다.

"오늘도 붓을 들지 못하는 것이요?"

"아무래도 그림 그릴 곳을 한 번 더 보고 와야겠소."

"아니, 대체 얼마나 대단한 그림을 그리려고 이렇게 몸살을 앓는 것이요?"

"이전에 그리던 그림과는 다른 그림이라…."

"이전이고 나중이고, 빨리 그림 팔아서 돈 좀 주시오. 쌀독이 바닥을 보이고 있소."

남농은 말없이 고개를 끄떡이고 집을 나섰다. 아내는 선전에 나가야 하는 이유를 잊어버린 듯했다. 남농은 타인을 뛰어넘고 스스로를 뛰어넘어야 하는 그림을 다시 설명하기 힘들었다. 매 끼니 먹을 것을 걱정하는 아내의 귀에 그런 말이 제대로 박힐 리 없었다. 남농은 걸음을 옮길 때마다 나오는 신음 소리를 꼭꼭 눌러서 다시 삼켰다. 아낙은 바닷가에 나오지 않았다. 아낙이 조개와 미역을 줍던 바닷가를 파도가 쓰다듬고 있었다. 파도 소리는 귓가로 밀려들었다. 남농은 아낙이 올랐던 비탈길을 보았다. 불편한 다리를 끌고 갈 수 있을 것 같지 않았다. 애당초 무리한 생각이었다.

길 가운데 선 남농은 산자락 등성이에 펼쳐진 보리밭을 눈에 깊이 담았다. 푸르게 자라고 있는 보리 싹과 봄풀을 머리에 새겼다. 햇볕이 따뜻하고 해풍이 느껴지지 않는 날이었다. 아낙이 올랐던 길 위에서 아지랑이가 일렁이고 있었다. 아낙의 집은 저런 밭들 사이에 있을 터였다. 소가 매여 있고 닭과 개가 햇볕이 가득한 마당을 어슬렁거리고 아이를 업은 아낙은 장에서 돌아와 사립을 들어서고 있을지도 몰랐다. 아낙의 집에서 멀지 않은 곳에 군데군데 초가들도 있을 것이었다. 그래야 맞았다. 중심에서 밀려난 산등성이의 삶은 해풍을 맞아서 단단할 것이고 햇빛을 흠뻑 받은 흙처럼 따뜻할 것이었다. 부푼 흙에 뿌리가 들린 보리처럼 엉성하지만 질기게 땅을 놓지 않는 삶이었다. 남농은 산등성이에 펼쳐진 밭들과 아낙이 올랐던 비탈길을 오랫동안 바라보았다. 입에 힘을 주고 고개도 주억였다.

'그래, 저것이다. 저것이 내 그림이다.'

그림에 입힐 채색도 떠올랐다. 남농은 다시 허림의 그림을 생각했다.

'어쩔 수 없구나. 진작부터 너에게 배운 것이다.'

세상에 완벽한 창작은 없었다. 남농은 그렇게 생각했다. 자연을 보고 그리는 사생화도 자연을 모사한 그림이었다. 다만 그대로 베끼는 것은 안 될 것이었다. 남농은 일본의 남화풍을 배우되 남농만의 신남화풍을 건설하고 싶었다. 조선의 산천, 조선의 정서를 그리고 싶었다. 오직 조선의 것을 그리고 싶었다. 그것은 중국의 산수를 본뜨는 화업으로는 이루기 어려운 일이었다. 남농은 동생 허림이 아직 살아 있을 때 그렸던 「신춘」이 떠올랐다. 그림을 본 동생이 이렇게 말했다.

"남종화 기법이 일본 남화풍과 절묘하게 어울린 그림입니다, 형님. 새로운 화풍이 되겠습니다."

그때 남농은 짧게 대답했다.

"아직은 많이 부족하다."

그 부족함을 아낙이 사는 산자락의 보리밭이 채워 줄 것 같았다. 바다에서 일어난 바람이 남농의 옷자락을 흔들었다. 바다에서 일어났으나 습기가 그다지 배어 있지 않은 바람은 부드러웠다. 남농은 다시 산등성이 밭과 비탈길을 보았다. 실눈에 따뜻한 햇볕과 보리밭을 깊이 담았다. 바람이 남농의 등을 떠밀었다. 집으로 돌아가는 길은 걸음이 가벼워져서 골습의 통증이 다소 덜어지는 듯싶었다.

남농은 화선지에 산을 가득 채우기로 했다. 등성이마다 초가가 한 채씩 박혀 있는 산이었다. 그 산의 꼭대기 바로 아래까지 밭을 만들 작정이었다. 보리밭과 마른 고춧대가 아직도 서 있고 들깨나 콩의 그루터기가 남아 있는 밭이었다. 흙은 붉은 황토여야 할 것이었다.

심호흡을 하고 난 남농은 화선지 앞에 무릎을 꿇었다. 통증이 머리 끝까지 단숨에 치고 올랐다. 남농은 이를 악물고 눈을 감았다. 통증이 다소곳하게 무릎 안으로 잦아들기를 기다렸다. 눈을 감은 남농의 어깨를 집 그늘의 한기가 서늘하게 감쌌다. 봄이라 하나 아직 그늘은 추운 때였다. 무릎이 그림을 마칠 때까지 한기를 이겨 내 줄 수 있을지 걱정되었다. 남농은 유난히 골습이 심한 왼쪽 다리를 만져 보았다. 왼쪽 다리에 감각이 느껴지지 않았다. 감각이 느껴지지 않는 다리가 수상했다. 왼쪽 다리가 죽어 가고 있다는 짐작이 들었다. 오래전에 피돌기를 멈춘 다리였다. 남농은 그 다리를 엉덩이 밑에 괴었다. 그리고 다시 심호흡을 한 뒤 화선지 위로 몸을 숙였다. 빈 화선지가 눈에 가까이 다가왔다. 남농은 구멍을 뚫을 듯 화선지를 들여다보았다.

'이제 시작이다.'

남농은 화면 전체에 황갈색을 주조로 깔았다. 흙이 붉으니 황갈색이 마땅했다. 아낙이 올랐던 비탈길 위에는 산도 푸르지 않았다. 아직 잎이 나지 않은 나무는 갈색이었다. 그런 풍경이 누런 초가지붕과 잘 어울릴 것이었다. 그런 곳에 아낙은 집을 지어 살고 있었다. 단단하게 수숫대로 엮은 울타리와 싸릿대로 만든 사립이 눈앞에 떠올랐다. 거기에 수묵의 농담이 낄 자리는 없었다. 여백도 남기지 않을 작정이었다. 신남화풍을 염두에 두고 있으니 마땅한 생각이었다.

초가집 한 채를 그리고 나니 점심때가 되었다. 아내가 생미역을 삶아서 된장에 무치고 옆구리가 터진 조기를 구워서 상을 차렸다. 남농은 안방에서 아내와 함께 점심을 먹었다. 아낙의 말대로 봄 미역은 먹을 만했다. 비릿한 바다풀 맛이 입맛을 돋워 주었다. 아내가 조기 살을 발라서 남농의 밥 위에 얹었다.

"많이 드시오."

무뚝뚝한 말 한마디도 밥 위에 얹어졌다. 언뜻 듣기에는 투박하게 들리나 깊은 속정을 꾹꾹 눌러 담은 말투였다. 아내는 밥도 덜어 주었다. 남농은 아내가 준 밥을 다시 아내의 밥그릇에 옮겨 담았다. 과식은 그림을 그릴 때 집중을 방해했다. 체중이 불면 그 무게가 온통 다리에 실려서 더 힘들어질 것이었다. 이미 감각이 사라지고 있는 다리였다.

"그림 그리는 남편을 만나서 고생이 많소. 내가 항상 미안하게 생각하고 있소."

아내가 남농의 왼쪽 다리를 만졌다.

"견딜 수 있으시겠소?"

"견뎌 낼 작정이오."

점심상을 물릴 무렵 손님이 찾아왔다. 남농은 그리던 그림을 잠시 덮어 두었다. 그새 그림은 말라 있었다. 손님은 남농과 비슷한 연배의 사내였다. 사내는 고기 잡는 어부였다.

"아들놈을 이제 어떻게 학교에 보내 볼까 합니다. 맨입으로 학교 선생님을 찾아갈 수도 없고 돈도 없고 해서 염치 불고하고 이렇게 선생님을 찾아왔습니다."

방석 위에 무릎을 꿇고 앉은 남농이 사내에게 물었다.

"아이가 몇 살이오?"

맨바닥에 무릎을 꿇고 있던 사내가 남농을 바라보며 대답했다.

"올해 열다섯 살입니다."

바닥에 종이를 새로 펼치던 남농이 고개를 끄떡였다.

"많이 늦지는 않았소. 잘 키우시오."

남농은 붓을 먹에 적셔 종이 위에 나무를 먼저 그렸다. 우람한 소나무였다. 소나무는 남농의 붓끝에서 잎이 무성하게 피어났다. 소나무 그늘 아래는 초가집 두어 채가 지어졌고 초가집 앞으로는 시냇물이 흘렀다. 물가에 풀이 무성한 시내 가운데 나무다리가 걸렸다. 초가집은 시내를 건넌 둔덕에도 있었다. 시내 건너편 초가집 뒤로는 낮은 산이었다. 낮은 산 뒤로 먼 산허리에는 구름이 걸렸다. 비가 내리고 난 직후의 풍경이 한 시간도 지나지 않아 화면에 담담하게 들어찼다. 조부와 부친의 그림과 같은 전통 산수화였으나 한 번도 본 적 없는 중국의 풍경은 아니었다. 여백이 많아서 생각이 깊게 스며들게 하는 산수화였다. 막 그려 낸 그림에서 먹의 향기가 은은하게 퍼졌다. 남농은 사내에게 다 그린 그림을 내밀었다.

"아이가 반듯하게 잘 크기를 바라겠소."

"선생님 은혜 잊지 않겠습니다."

사내가 그림을 들고 돌아간 뒤 아내가 부엌에서 나오며 입을 삐쭉 내밀었다.

"그림을 너무 함부로 막 그려 주시는 것 같소? 시간이 아깝지 않소?"

남농은 그림을 그리다 만 종이를 다시 펼쳤다.

"나는 사람보다 더 귀한 것이 없소."

화면에는 하얀 목련이 눈부시게 피어났다. 남농은 아낙의 집 옆에

목련나무를 세우고 꽃이 무성하게 피게 했다. 아내는 종이 위에 몸을 깊이 숙이고 있는 남농에게 더 이상 아무 말도 하지 못했다. 남농이 초가집 앞에 닭을 그려 넣을 때 아내는 또 집을 나섰다. 아마도 저녁 찬거리를 구하러 가는 것일 터였다.

화면의 닭은 암탉이 두 마리였고 수탉이 한 마리였다. 하얀 깃털을 가진 닭들은 벼슬이 붉었다. 암탉 한 마리는 집 안을 기웃거리게 했고 또 다른 암탉과 수탉은 소 옆에서 어울리게 했다. 소와 닭들 옆에는 장작더미를 쌓아 놓았으며 장작더미와 사립문 사이에 산수유나무를 그려 넣었다. 울타리는 마른 수숫대를 엮어서 만들었다. 마당 끝에 짚 더미를 쌓았고 울타리 가에 키 작은 사철나무도 그렸다. 남농은 아낙의 집에 공을 많이 들였다. 하지만 개는 그려 넣지 않았다. 여기까지 그리는 데 다시 한나절이 짱짱하게 걸렸다.

저녁이 이슥해서 남농은 붓을 내려놓았다. 통증이 너무 깊어진 나머지 감각이 멀어진 다리는 움직이기 힘들었다. 움직일 때마다 다리를 찢어발기는 고통이 전신을 흔들었다. 남농은 바지를 걷어 올려 보았다. 왼쪽 다리는 차갑고 창백했다. 마치 의족처럼 보였다. 남농은 아내가 밝혀 놓은 불빛 아래서 차가운 왼쪽 다리를 물끄러미 들여다보았다. 부엌에서는 늦은 저녁을 차리는 소리가 들렸다. 겨울 동안 땅속에 묻어 두었던 무에 물이 간 고등어를 넣어 조린 냄새도 났다. 아내가 고심해서 마련한 음식은 왼쪽 다리에 앞으로 영영 다다르지 못할 것이었다. 남농은 썩어 가는 다리를 보는 아내의 기분이 어떨지 헤아리기 어려웠다.

처음 골습이 발병했을 때 그림을 멈추었다면 다리가 무사할 수 있었을까를 생각해 보았다. 그랬다면 썩어 가는 다리를 보게 되는 일은 없었을지도 몰랐다. 대신 마음이 썩어서 문드러졌을 것이었다. 조부인 소치와 아버지 미산에게 물려받은 피가 다른 곳으로 갈 리 없었다. 조부인 소치는 그림을 그리지 않고는 살 수 없어 제주로 유배 간 추사를 찾아다닐 정도였고 부친은 그런 소치의 아들이었다. 그림을 팔자로 타고난 이들이었다. 남농은 그런 소치의 손자였고 미산의 아들이었다.

일찍이 아버지 미산은 그림을 말렸다. 타고난 재능이 팔도를 울렸지만 자신의 아버지 때부터 가난이 너무 사무쳤다. 하지만 남농은 아버지의 만류를 듣지 않았다. 자신도 그림이 팔자였고 팔자를 속일 수 없었다. 열여덟에 남농이라는 호를 얻었다. 유학자 정만조에게서였다. 남농의 팔자에 정만조가 지어 준 호보다 더 들어맞는 것은 없었다.

아내가 저녁상을 들여왔다. 남농은 밥을 오래 씹어서 먹었다. 밥알의 온기가 목구멍에 닿아서 그림 그리는 일이 사무치게 했다. 다리를 그림에 내주면서 그림을 그릴 수밖에 없는 스스로에게 기가 막혔다. 남농은 밥을 먹으면서 다리가 썩으면 어떻게 해야 하는지를 생각했다. 알 수 없었다. 어려서부터 그림만 생각해 왔고 그림 외에 아무것도 모르는 남농은 썩은 다리를 어찌해야 되는지 알지 못했다. 목포에 썩은 다리를 다루는 병원이 있다는 말을 들어 본 적이 없었다.

닷새 만에 산책을 나섰다. 갯비린내가 맡고 싶었고 혹시 아낙을 만날지도 모른다는 생각이 들었다. 그림을 그리다 보니 아낙을 다시 보고 싶었다. 사립을 들어서는 아낙을 그리려다 말고 집을 나선 남농은 바닷가로 향했다. 바다가 햇빛에 반짝였고 바람은 반짝이는 파도를 모래톱으로 밀고 있었다.

멀리 미역과 조개를 줍는 아낙이 보였다. 아낙은 늘 보던 대로 하얀 무명 저고리에 무명 치마를 입고 무명 수건을 두르고 있었다. 남농은 왼쪽 다리를 천천히 끌면서 느리게 걸었다. 한 걸음을 옮기는 데 한나절이 걸리는 듯했다. 아내가 구해다 준 막대에 온몸의 힘이 쏠렸다. 막대를 짚고 있는 손바닥이 얼얼했다.

바구니를 채운 아낙이 남농이 있는 길로 올라왔다. 남농은 아낙을 먼저 알은체했다.

"지난번에 미역은 잘 먹었소. 말씀대로 먹을 만합디다."

아낙이 해사하게 웃었다.

"오랜만이십니다."

남농은 아낙의 웃음을 그림에 넣을 수 없는 것이 애석했다. 남농이 그리고자 하는 것은 겨울을 난 보리 같은 조선의 풍경이었다. 그곳에서 살고 있는 조선 사람의 모습이었다. 목포의 중심에서 산등성이로 밀려난 조선의 삶을 선전에 내고 싶었다. 남농은 아낙에게 물었다.

"전에 보아하니 산길을 많이 오르시던데 사시는 곳에도 밭이 많소?"

아낙은 봄볕에 부신 눈을 가늘게 뜨고 남농을 보았다.

"물을 가둘 수 없으니 밭뿐이지요."

"무엇을 주로 심으시오?"

"콩도 심고 수수도 심고 밭에 심을 수 있는 것은 다 심지요. 지금은 보리밭이 좋습니다. 지난번 비가 약이었습니다."

"그곳에 몇 집이나 사시오?"

"마을을 이루지는 못하고 드문드문 대여섯 집이 살고 있습니다. 헌데 그건 왜…?"

"사시는 곳이 궁금했소. 그곳을 그리고 싶었소."

"…예."

아낙은 또 남농에게 미역을 싸 주었다. 수건을 벗은 아낙의 동그란 머리통이 남농의 눈에 들어왔다. 나무 비녀로 쪽지고 있는 머리통이 고왔다. 남농의 눈앞에 아낙이 사는 곳이 환하게 그려졌다. 아낙의 말을 듣고 가 보지 않은 곳을 떠올린 것이니 그것도 사생이라고 해도 될 듯했다. 남농은 말로만 들은 곳을 사실보다 더 사실처럼 그리고 싶었다.

남농은 집으로 돌아와서 그림을 그리던 종이 앞에 다시 무릎을 꿇었다. 깊은 통증에 단전에서부터 비명이 올라왔다. 남농은 어금니에 힘을 주고 통증을 견뎠다. 붓을 잡은 손에도 힘이 들어갔다. 남농은 골습의 통증이 다소곳해지기를 기다려 화선지 위로 몸을 숙였다. 드디어 하얀 무명 치마저고리에 아이를 업고 골목에서 마당으로 오르는 아낙이 활짝 열린 사립문 사이에 들어섰다. 이 아이는 해방된 조선에서 한 사람의 조선인으로 살아갈 것이다. 아낙의 등 뒤로 보리밭이 펼쳐지고 경사진 보리밭 아래에는 초가지붕이 들어섰다. 보리밭은 그 앞에도 펼쳐지는데 경사가 가팔랐다. 부풀어서 가볍게 들뜬 흙을 가냘픈 뿌리로 단단하게 움켜쥐고 있는 보리가 푸르렀다.

보리밭과 빈 밭을 남농은 산꼭대기 바로 아래까지 펼쳐 놓았다. 경사가 가파른 보리밭 위에는 초가집을 또 한 채 들였고 비탈을 한참 내려오는 곳에 초가지붕을 또 그려 넣었다. 산 하나가 온통 밭이었다. 밭은 둑이 둥글게 휘어졌고 보이지 않는 곳까지 계속 이어지는 느낌이 들도록 했다. 산자락 세 개로 화면이 가득 찼다. 빼앗긴 땅에서도 질기게 뿌리를 내리는 조선의 봄 풍경이었다. 멀리 있는 풍경을 가까이 당겨서 그린 그림이었다.

　이레를 내리 쉬지 않고 그림을 그리던 남농이 잠시 붓을 쉬었다. 이제 몸의 일부가 된 통증은 그림을 그리는 동안 몸 밖으로 밀려나지도 않았다. 몸의 기운은 통증을 견디는 데 모두 소진되고 있었다. 남농은 통증으로 그림을 그리고 있는 게 아닌가 하고 생각했다.

　그림은 하늘이 하얗게 비어 있었다. 남농은 아낙을 따라 산을 오른 기분을 느꼈다. 정말 산을 오른 듯 몸이 고단했다.

　'이제 다 올라왔구나. 다 올라왔어.'

　오후의 봄 햇살이 희미해지고 있었다. 곧 마당으로 어스름이 내릴 터였다. 아내가 돌아올 때가 다 되었다. 며칠 동안 문지방이 닳도록 드나들던 손님이 하나도 찾아오지 않은 날이었다. 아주 드물기는 하지만 가끔은 그런 날도 있었다. 찾아와서 그림을 청하는 이가 없어서 집중이 높았던 하루였다. 남농은 고단한 몸을 다시 화선지 위로 숙였다. 골습의 통증이 또렷하게 등을 타고 위로 솟았다. 그 자리가 하늘이었다. 봄 하늘은 지상에서 오른 아지랑이가 따뜻한 봄볕과 뒤섞인 연보랏빛으로 마무리되어야 할 듯했다. 따뜻하게 부풀어 오르는 조선의 산을 포근하게 감싸는 하늘이어야 할 것이었다. 그것이 조선의 하늘일 터였다. 남농은 잠시 대문간 지붕 위의 하늘을 보았다. 하늘까지 굳이 아낙의 말을 들을 것이 없었다. 남농의 대문간 위로 펼쳐진 하늘이 아낙이 사는 산골의 하늘이니 눈앞의 하늘로 충분했다.

마침내 남농은 붓을 내려놓았다. 그리고 그림을 보았다. 여백이 하나도 없는 그림은 밭이 된 산으로 가득 차 있었다. 예전의 「신춘」과 다른 「신춘」이었다. 남농의 눈에도 스스로가 신남화풍을 고심한 흔적이 확연하게 보였다. 그림 속에서 밭으로 뒤덮인 산은 거대했다. 높지 않은 산이었으나 품고 있는 것이 여느 산과 달랐다. 햇빛과 보리밭과 초가와 아낙이 흙처럼 도드라지지 않았으나 그림에서는 거친 곳을 눈부시게 일궈 내는 힘이 보였다. 그 산이 품고 있는 힘이 단단하게 느껴졌다. 밀려난 곳도 눈부신 자리로 만드는 힘이었다.

붓을 내던진 남농은 그 자리에 드러누웠다. 통증이 전신으로 고루 퍼졌다. 골습이 남농이었고 남농이 골습이었다. 신음이 다시 목을 넘어가서 몸속으로 골고루 스몄다. 남농은 신음 소리를 내지 않았다. 대문을 들어서는 아내의 발소리가 들렸다. 남농은 몸을 일으키지 않았다. 몸을 움직이면 신음 소리를 참지 못할 것이었다. 아내가 그림을 보고 남농을 들여다보았다.

"산이 품고 있는 힘이 묵직한 것 같소. 고생하셨소."

남농은 그림 옆에 누운 채 고개를 끄떡였다. 아내에게서 생선 비린내가 났다.

"그림이 마르거든 방으로 가서 몸을 좀 눕히시오. 금방 저녁을 지어 드리리다."

마당에 어스름이 내리고 있었다. 땀이 식어 가면서 몸에 한기가 스몄다. 다리가 떨어져 나가는 듯했다. 골습은 오래 무릎을 꿇고 거기에 체중을 실어서 그림을 그리는 동안 피가 통하지 않아서 생긴 병이었다. 대청마루에 불이 들지 않아 거기에 동상이 겹쳐 있었다.

남농은 아주 오랫동안 천천히 자리에서 몸을 일으켰다. 어스름 속에서도 그림 속 풍경은 저물지 않고 있었다. 그림은 아직 마르지 않았다. 남농은 그림을 방에서 마저 말렸다. 불빛 아래서 이전의 그림을 뛰어넘은 그림이 확연하게 눈에 들어왔다. 무엇보다 여백이 없고 화면을 꽉 채운 풍경과 채색이 그랬다. 남농은 그림을 갈무리한 뒤 자리에 누워 눈을 감았다. 감기지 않는 귓가에 아내가 저녁을 차리는 소리가 와 닿았다.

그림의 제목을 남농은 오래 생각하지 않았다. 오래 생각할 것도 없었다. 중심에서 밀려난 목포의 일상을 그렸으니 처음 그림을 그릴 때부터 제목은 정해진 것인지도 몰랐다. 그러니 더 생각하고 말 것도 없었다.

그림의 제목을 정하고 선전에 그림을 보내는 사이 다리에서 진물이 흘러내리기 시작했다. 다리가 본격적으로 썩어 가고 있었다. 예상했던 일이었다. 이미 다리가 창백해졌을 때부터 괴사는 시작되고 있었을 터였다. 남농은 퍼렇고 벌겋게 썩어 가는 다리를 물끄러미 들여다보았다. 죽어서 땅에 묻혀 썩어 가는 육신이 떠올랐다. 그것을 미리 앞당겨서 보고 있는 듯했다. 흘러내리는 진물이 눈물 같았다. 눈으로 울지 못한 울음을 다리로 울고 있다는 생각이 들었다. 조선에는 그런 울음이 포개진 산마다 들어 있을 것이었다. 남농은 그런 조선의 산천을 그려야 한다고 생각했다. 조부인 소치와 선친인 미산의 그림은 조선의 산천이 아니었다. 그런 조선을 그렸으니 또 그것을 뛰어넘어야 할 것이었다. 남농은 그림의 방향이 머지않은 날에 또다시 바뀔 것 같은 예감에 몸을 떨었다.

「목포의 일우」는 선전에서 특선을 차지했다. 남농은 절뚝거리는 다리로 조선총독상을 받았다. 상이 주는 무게는 감당할 만했다. 이겨 낼 수 있는 무게였다. 어려서 조부인 소치와 아버지 미산의 그림을 익혔고 열여덟에 조선총독부 학무국장상을 받았다. 타고나기를 그림을 그리지 않고는 살 수 없는 팔자를 타고났으니 상의 무게를 감당하고도 남을 것 같았다.

그해 가을에 남농은 다시 새 그림의 구상을 시작했다. 신남화풍이기는 마찬가지이나 구도와 색채를 달리하기로 마음먹었다. 남농은 신남화풍의 정점을 다시 찍고 싶었다. 남농의 산책길이 점점 길어졌다. 남농은 썩어 가는 다리를 끌고 아낙을 만났던 바닷가를 지나서 낯선 마을까지 다녀왔다. 산책은 늘 한나절이 짱짱하게 걸렸다.

점심을 먹고 나선 산책이 어느새 해거름이었다. 바다에 지는 햇빛이 고왔다. 멀리 부두가 보였다. 남농은 해거름의 목포를 그리고 싶다고 생각했다. 해거름의 바다 빛에 눈이 팔린 남농은 길을 보지 않고 걸었다. 바닥에 솟아 있는 돌부리에 남농의 발이 걸렸다. 남농은 해거름 빛 속으로 쓰러졌다. 비명이 높게 솟아올랐지만 인가까지 닿지는 못했다.

길을 가던 어부가 길에 쓰러진 남농을 집으로 데려다주었다. 남농을 찾으러 나서던 아내가 어부의 등에 업힌 남농을 방에 눕혔다. 왼쪽 다리의 괴사를 보았다. 괴사는 어제와 오늘이 달라 보이지 않았으나 무릎을 꿇을 수 없었다. 마침내 당분간 붓을 쉬기로 했다. 어떤 식으로든 괴사가 멈추어야만 그림은 다시 시작될 수 있을 것이라고 남농은 생각했다.

아내가 사방으로 병원을 수소문했다. 다리를 절단해야 한다는 말을 해 주는 병원은 있었으나 다리를 절단할 줄 아는 병원은 목포에 없었다. 목포의 의사들은 서울로 가라고 말했다. 아내는 남농을 서울로 데려갔다. 그림을 팔아서 마련한 돈에 품을 팔아서 마련한 돈을 보탠 아내가 남농을 데려간 곳은 서울의 육병원이었다.

오래 골습을 앓은 것에 비해 다리를 잘라 내는 시간은 지나치게 짧았다. 다만 다리를 잘라 낸 자리의 통증이 지나치게 또렷하고 선명한 것이 길게 갔다. 남농은 다리를 잘라 낸 자리를 들여다보지 않았다. 오래전 세상을 떠난 동생 허림이 떠올랐다. 그림과 목숨을 바꾼 동생이 다리를 보고 있는 것 같았다. 남농은 신음 소리를 목구멍 속으로 삼켰다.

남농을 지켜보던 아내가 기어이 창문을 향해 고개를 돌렸다. 아내의 야윈 어깨가 보일 듯 말 듯 떨리고 있었다. 남농은 눈을 꼭 감았다. 그때 아내가 남농을 불렀다.

"창밖 좀 보시오. 눈이 오고 있소."

그제야 남농은 눈을 뜨고 창밖의 눈을 보았다. 창밖에는 함박눈이 내리고 있었다. 남농의 눈에 눈 내리는 목포가 떠올랐다.

패총

그림 조병연 作

지하의 공기는 무덤과 다를 바가 없다.

겨울 아침 지하에는 설명하기 어려운 한기가 흐른다. 시간이 점차 흐를수록 뼈까지 눅눅한 냉기가 스미고 골수가 얼어붙는 느낌은 불쾌하기 짝이 없다. 그것은 내가 무덤 속의 시체 같다는 생각이 들게 한다.

지하의 겨울은 시간이 지나도 적응이 안 된다. 버너에 불이 붙여질 때까지 내의를 입고 또 스웨터와 내피가 들어 있는 바지를 입어야 견딜 수 있을 정도다. 나와 현주는 이 지하의 겨울을 견디기 위해 매주 열리는 금요시장에서 만 원짜리 바지를 두 개씩 샀다. 바지는 허리에 고무줄 밴드가 들어 있고 안면에는 융이 들어 있는 것이었다. 여기에다 하얀색 가운과 비닐 앞치마를 입었고 현주는 온풍기까지 켰다. 현주는 유난히 추위를 타는 여자였다. 하얀색 조리용 고무장갑 안에는 면장갑과 라텍스 장갑을 덧끼고 늘 따뜻한 물만 사용하는 조리사가 현주였다.

하지만 홍합은 따뜻한 물에 씻을 수 없는 식재료였다. 찬물에 담겨 있는 십 킬로그램의 홍합 무더기 앞에서 현주는 진저리를 쳤다. 홍합은 비교적 깨끗한 편이었지만 바다에서 양식되는 홍합들은 거미처럼 실을 뽑아 물고 서로를 연결하고 있었다. 검불 같은 이것들을 제거하고 빡빡 문질러 씻어야 홍합국을 끓일 준비가 끝날 것이었다.

홍합을 손질하기 전에 현주는 먼저 뜨거운 물을 마셨다. 나는 현주가 물을 마시는 동안 홍합의 거스러미를 뽑아내기 시작했다. 홍합이 단단하게 물고 있는 삶의 탯줄은 가늘면서 꽤 질겼다.

사실 우리가 홍합이라고 믿고 먹었던 검고 미끈한 것은 담치다. 껍데기가 얇은 담치들은 가는 끈에 서로를 기대고 연결하며 자신들의 삶을 지탱해 왔을 터였다. 나는 이 끈에 붙어 살았을 검은 조개들의 삶과 바다의 풍랑을 생각해 보았다. 하지만 담치가 살았던 바다의 풍랑이 어떤 것인지는 또렷하게 그려지지 않았다. 내륙에서 나고 자란 나는 바다의 풍랑을 본 적이 없고 다만 삶의 풍랑이 바다의 풍랑과 다르지 않을 것이란 생각만 막연하게 들 뿐이었다.

나는 잠깐 홍합을 손질하던 손을 멈칫했다. 이 병원에 와서 처음 맞는 겨울에 우리는 벌써 네 번이나 홍합국을 끓였다. 큰솥 가득 핀 분홍의 꽃을 네 번이나 보았다. 시간에 맞춰 배식하느라 바쁜 우리는 그 꽃들을 언제나 건성으로 보아 넘겼다. 사람들이 몰려와서 꽃 같은 조갯살들을 먹어 치우고 난 뒤에는 시커먼 조개껍질이 한 무더기였다. 세상의 모든 꽃처럼 분홍의 꽃은 번번이 그렇게 졌다. 그리고 나는 조개껍질 무더기를 치우며 또 한 해를 마감하고 있다.

현주는 물을 마시고 나서도 팔짱을 낀 채 어깨를 웅크렸다. 낯빛도 창백했다. 윤기 없는 현주의 얼굴은 곧 내 거울이었다. 옆 건물과의 얇은 틈새로 실낱같이 들어오는 한 줄기 바람. 어김없이 하루 세 번은 지켜야 하는 가스버너. 이른 봄부터 늦은 겨울까지의 어스름한 새벽 출근과 어둑한 저녁 퇴근. 지난봄에 와서 겨울을 맞이하는 동안 현주와 나의 얼굴은 핏기 하나 없이 창백해져 버렸다.

나 아닌 타인의 입에 들어가는 음식을 만든다는 건 참 고단한 일이다. 내가 볼 때 열이면 열 모든 사람의 입맛은 다 달랐다. 그건 모든 사람의 성장 환경과 생활 방식과 사고가 다 다른 것과 무관하지 않을 것이다.

면장갑 위에 고무장갑을 낀 현주는 홍합 무더기 앞에서 또 한 번 진저리를 쳤다.

"언니! 참, 산다는 게 보통 일이 아닌 것 같아. 언제 이 많은 걸 다 해?"

홍합의 선도는 하루 사이에 달라지기 때문에 양하는 홍합국을 언제나 식자재가 도착하는 날의 식단에 넣곤 했다. 화요일과 금요일은 그래서 난로 앞에 앉아 있을 틈이 없었다. 현주와 나는 홍합을 손질해 놓고 배추도 절여야 했다. 나도 한숨을 쉬며 현주를 쳐다보았다.

"그러게? 양하는 뭐 한다니? 이런 때 손 좀 넣어 주지."

현주는 한꺼번에 네다섯 개의 홍합을 쥐어 들었다.

"아! 언니! 혹시, 여자의 그것 같은 꽃을 본 적 있어? 양하 개 지금 그거 보고 있어."

나는 홍합을 두 개 집어 들고 영양사실을 돌아다보았다. 두 평 남짓한 영양사실의 문은 한 뼘 정도 열려 있었고 조용했다. 양하, 그녀가 또 식재료와 관련한 이미지를 찾고 있다는 말은 사실인 모양이었다. 나는 현주를 따라 홍합 손질에 속도를 냈다. 얇은 조리용 라텍스 장갑 때문인지 홍합은 내 오른손 여기저기에 상처를 냈다. 한곳에 모아진 거스러미가 한 움큼 빠진 내 머리카락 같았다.

현주 혼자 놔두고 양하의 모니터를 보러 갈 수는 없었다. 서로를 물고 있는 거스러미는 질겼고 검은빛의 얇은 껍질은 미끄러워 간혹 손에서 빠져나갔다. 그때마다 홍합은 너무도 가볍게 물에 떨어졌다. 하지만 홍합이 물에 떨어지는 소리는 들리지 않았다. 홍합은 너무도 가벼운 조개였다.

양하는 게으른 여자였다. 손세탁을 하겠다며 가운을 며칠씩 비눗물에 담가 놓기 일쑤였고 하얀 슬리퍼는 검게 변색이 될 때까지 한 번도 빨지 않았다. 책상은 언제나 먼지가 뿌옇게 앉아 있었고 누군가 꽂아 둔 꽃은 말라서 바스라지기 직전이었다. 영양사이면서 시장조사 한 번 나간 적이 없고 철 따라 무슨 야채가 나오는지도 알아보려 한 일도 없다. 제대로 된 재고 조사 없이 발주를 해서 식재료를 한두 가지씩 빠뜨리곤 했다. 여기에 더해서 양하는 일하는 시간보다 식재료와 관련한 이미지를 검색하는 시간이 더 많았다. 식재료나 영양에 대한 검색이 아니라 우리들이 생각지도 못한 검색들이 대부분이었다. 이유가 궁금했지만 나는 묻지 않고 양하도 말하지 않았다. 이것이, 매주 식단이 비슷비슷한 이유였다. 단언컨대 양하는 함량 미달의 영양사였다. 휴무 중인 경미도 이 말에 맞아, 라고 고개를 끄떡인 바 있었다.

양하와 우리의 관계는 균형이 잡히지 않은 식단과 비슷했다. 현주와 경미와 나는 매일같이 식단을 고치기에 바빴다. 발주에서 빠뜨린 식재료 때문에 날마다 한두 가지는 기존의 재료로 대체해야 했다. 하지만 양하는 잘못을 수긍한 적이 없었고 수긍하려 들지도 않았다. 바쁘니 그럴 수도 있다는 식이었다. 양하의 이런 면은 1년이 다 되어 가도 좀처럼 익숙해지지 않았다. 그것은 내게 좀처럼 손에 익지 않는 깐풍기나 양장피와 같았다.

양하는 그런 내가 불만일 터였고 조림을 잘하지 못하는 현주가 짜증스러울 것이었으며 자신의 방식으로 조리를 창작하는 경미가 못마땅할 터였다. 그럼에도 우리는 아슬아슬한 관계를 유지해 나가고 있었다. 고등학교에 다니는 딸을 홀로 키우는 경미는 다른 곳에 비해 일이 많지 않아서 떠날 수 없고 중학교에 다니는 남매를 두고 있는 현주는 집이 가까웠으며 나는 퇴직금을 기다리고 있었고 양하는 다른 갈 곳이 마땅치 않은 눈치였다. 이 균형을 유지하기 위해 양하는 내게 이것저것을 검색하다 그의 사진을 발견해 주었고 그것을 출력해서 코팅까지 해 주었다.

꽃은 난잡했다. 하얗고 파랗고 빨갛고 노란 색깔만 다를 뿐 꽃들은 모두 맨살의 그곳을 고스란히 드러내고 있었다. 수줍은 듯 보이지만 사실은 화사한 음부였다. 나는 양하의 모니터를 보면서 왜 여자의 그것을 꽃에 비유하는지 깨달았다.

나는 어렸을 때 여러 가지 꽃을 가꾸었다. 엄하셨지만 꽃을 좋아했던 아버지는 밖에서 해당화나 달리아 혹은 글라디올러스 같은 꽃의

알뿌리나 나무를 얻어 오곤 했다. 덕분에 작은 마당의 좁은 화단에는 이른 봄부터 초겨울까지 언제나 꽃이 만발했고 나는 비 내리는 날 붉은 석류꽃이 떨어지는 소리를 들으며 인조 임금의 능양군 시절 이야기를 읽었다. 그때 석류꽃은 광해의 붉은 눈물 같았고 능양군의 야망 같다는 생각을 했다.

지금까지 참으로 많은 꽃을 보아 왔다. 어머니는 봄이면 나를 데리고 다니며 나물을 뜯었고 산과 들판에 피는 야생화의 이름과 나물의 약성에 대해 가르쳐 주었다. 학교를 다니자 계절마다 피어나는 교정의 키 작은 꽃들과 꽃나무 앞에는 팻말이 세워져 있었으며 티브이에서는 열대우림에서부터 시베리아까지 샅샅이 비춰 주었다. 또 대학 시절에는 발이 넓은 여자 선배를 따라 야생화 전시회나 난 전시회를 찾아다니며 꽃들을 스케치했고 봄꽃 축제와 장미 축제와 국화 축제도 빠지지 않았다. 세상에 장미의 종류가 그토록 많다는 것은 그때 알았지만 여자의 그것 같은 꽃은 들어 보지도 못했다.

꽃들은 모두 스물네 송이였다. 스물네 송이 꽃들의 그것은 수줍었고 농염했으며 또 헤프게 벌어져 있었다. 창백한 것도 있었고 새침한 그것도 있었다. 꽃들은 모두 표정이 있었다. 나는 하나하나 커서로 꽃들을 짚어 보고 있는 양하에게 라텍스 장갑을 벗으며 물었다.

"꽃 이름, 알아요?"

양하는 마우스를 쥔 채 고개를 저었다. 작은 키에 비해 유난히 투박하고 큰 손이 눈에 거슬렸다. 내 오른손에서는 홍합의 거스러미를 뽑다가 생긴 상처에서 피가 배어 나오고 있었다.

"꽃 이름이 나와 있지 않아요. 도대체 무슨 꽃인지 모르겠어요."

날마다 식단과 발주서와 계산서나 들여다보고 남는 시간이면 사이트마다 검색이나 하는 양하가 꽃 이름을 알고 있을 것이라고 물었던 것은 아니었다. 양하가 관심을 갖는 것은 조리를 해서 사람들이 먹을 수 있는 채소들이 대부분이었고 토마토와 참외와 수박 등이 과일이 아니라 과채로 분류된다는 것을 영양사가 되고 나서야 알았을 정도의 지식을 갖고 있는 영양사가 그였다.

현주와 나의 휴식 시간은 짧았다. 홍합을 손질하느라 휴식 시간의 절반 이상을 소비한 탓이었다. 그 짧은 시간도 나는 모니터 속의 꽃들을 들여다보는 데 다 허비하고 있었다. 잠깐 돌아본 현주는 어느새 영양사실의 한쪽에 놓인 침대에서 잠이 들었다. 노동을 하는 자의 평화롭고 달콤한 쪽잠이었다. 나도 현주 옆에서 잠깐이라도 눈을 붙이고 싶다는 생각이 들기는 했다.

나는 몇 달째 잠이 모자랐다. 해 질 무렵 일상의 퇴근은 집으로의 출근을 뜻했다. 코로 맡아지는 테레빈 냄새는 내가 집에 도착했다는 신호였다. 방문을 열자마자 나는 전날 짜 놓은 유화물감이 굳지 않았는지 확인을 했고 벽에 기대어 있는 캔버스에 그림을 그렸다. 100호의 캔버스 위에 일만 삼천이백사십 개의 네모를 그리는 데 석 달이 걸렸고 그 작은 네모 안에 채색을 하는 동안 여름이 갔고 가을이 왔다 가고 다시 겨울이 깊어졌다.

손톱보다 살짝 큰 크기의 네모는 내가 살아온 삶의 조각들이었다. 한 개의 네모는 태어남이었고 한 개의 네모는 슬픔, 한 개의 네모는 내가 기억해야 할 이야기들이었다. 일만 삼천이백사십 개의 네모 안에는 내가 지나온 시간의 편린들이 아롱아롱 담겨 있었다.

어떤 한 개의 네모는 검붉었고 어떤 한 개의 네모는 검은빛이었고 어떤 한 개의 네모는 선명한 초록이었다. 붓이 각각의 네모마다 채색을 해 가는 동안 내 삶은 표정을 드러냈고 한때는 찬란했으며 한때는 절망이었다는 것을 빛깔이 정확하게 말해 주고 있었다. 그제도 어제도 오늘 아침의 출근도 별반 다르지 않았다.

하지만 10분 후에는 점심을 준비하기 위해 일어나야 했다. 시계를 보는 내 머릿속이 집을 나서는 새벽처럼 어둑하게 느껴지는 것 같았다. 양하는 여전히 화면 속의 꽃들을 키웠다 줄였다 반복하며 꽃들에게 집중하고 있었다. 색깔만 다를 뿐 모두 같은 종류의 꽃이었다. 내눈에 크고 작고 빨갛고 하얗고 파랗고 노란 꽃들 모두가 요염하게 비쳐졌다.

나는 눈을 비비며 하품을 한 뒤 양하에게 말했다.

"꽃 이름을 꽤 많이 알고 있다고 생각했는데, 나도 알 수가 없네. 화원에 가면 알 수 있을라나?"

양하는 확신이 서지 않는 얼굴로 나를 돌아보았다.

"글쎄요…."

양하가 그렇게 말할 때 커서는 꽃술 주위에 연분홍 물이 들어 있는 하얀 꽃에 멈춰 있었다. 발그레한 물이 들어 있어서 어린 소녀가 연상되는 꽃이었다.

가슴 부분에 묻은 김치 국물은 비닐 앞치마를 입으면서 발견했다. 언제부터인지 조심을 하는데도 나는 뭔가를 먹을 때마다 음식물을 흘리곤 했다. 그래서 난 밥을 먹을 때면 앞치마를 벗지 않았다. 앞치마에 흘린 음식물들은 물수건 한 번으로 흔적조차 사라졌다.

오늘 아침엔 식자재가 들어오는 날이었다. 온풍기와 난로를 켜고 버너에 불을 붙이려 할 때 식자재를 실은 탑차가 도착했다. 양하는 발주서와 입고되는 식자재를 확인했고 현주와 나는 중량을 저울에 달며 발주서의 중량 표시란에 동그라미 체크를 해야 했다.

김치 국물은 아침밥을 먹으면서 흘린 것이었고 양하는 그걸 보고도 말해 주지 않았다. 이른 시간에 식자재를 받아 정리하고 나면 하루 사용할 기운의 총량을 소진해 버리는 것 같았다. 매번 하는 일인데도 그때마다 힘들었다. 그래서 나와 양하와 현주는 궁리 끝에 김칫국에 밥을 말아서 대충 먹었고 김치 국물은 아마도 그때 떨어진 것 같았다.

양하는 그런 여자였다. 검색하던 사이트를 보고 놀란 나를 위해 그의 사진은 출력해 주지만 가운에 묻은 김치 국물은 알려 줄 줄 몰랐다. 지난 초겨울에 식재료와 관련된 이미지들을 검색하던 양하의 컴퓨터 모니터를 들여다보던 나는 화면에 떠 있는 그의 얼굴을 보고 놀랐다. 검색하면 어디서나 찾을 수 있을 법한데도 난 한 번도 그를 검색해 볼 생각을 하지 않았다. 양하는 그때 그리스신화 속 여신들의 젖가슴을 들여다보는 데 정신을 뺏기고 있었다.

"보기만 해도 두부처럼 으깨질 것 같아."

양하는 손가락을 화면에 대고 낮은 구릉 같은 젖가슴의 선들을 따라 움직이며 하얀 젖가슴을 만졌다. 그러다 화면이 넘어가면서 그의 얼굴이 갑자기 나타났다. 경직된 내 얼굴을 보며 양하는 컴퓨터의 화면을 식재료 주문표로 바꾸고 황급히 영양사실을 나갔다.

그런데 마우스에 손을 대자마자 그의 얼굴은 다시 화면에 나타나

나를 보았고 나는 그를 바라보았다. 그의 얼굴 아래에는 「알기 쉬운 그리스신화 속 그림」이란 제목으로 그 지역신문에 연재하고 있는 군립 미술관의 큐레이터라는 설명 글이 작은 글씨로 쓰여 있었다. 그리고 다음 날, 양하는 출력한 그의 사진을 아무런 설명 없이 내게 건네주었다.

김치 국물이 묻은 가운은 벗어야 했다. 한 시간 후면 배식 시간이고 김치 국물이 묻어 있는 가운을 입고 있을 수는 없었다. 여벌의 가운은 사물함 바닥에 개켜져 있었고 가운을 들어내자 그의 사진이 보였다. 잊고 있었다. 양하가 건네준 그의 사진을 어디에 둘까 고민하다가 나는 여벌의 가운 속에 묻었었다. 각자 배당받은 두 벌의 가운을 돌려가며 입고 있는 우리는 여벌의 가운에 손을 댈 일이 거의 없었다.

사진은 전부 여덟 장이었지만 사이트에 실린 사진을 확대했던 터라 선명하지 않았고 각도마저 살짝 비틀려 있기까지 했다. 그 비틀림이 그의 표정을 꽤 슬프게 보이도록 하는 데 한몫을 하고 있었다. 이런 표정을 나는 예전에 한 번도 보지 못했다. 뭔가 잘못 본 것은 아닐까 나는 눈을 비볐지만 적어도 내 기억에는 없는 표정이었다.

나는 그의 사진을 자세히 들여다보지 않았다. 생각해 보면 양하에게 사진을 받았던 것 자체가 우스운 짓이었다. 인생이란 것이 후회 그 자체였다. 후회는 생을 앞서가지 못한다. 내게도 그와 헤어지고 나서 꽤 시간이 지난 뒤 좀 더 인내하지 못한 것에 대한 후회가 찾아왔고 양하가 사진을 출력해 준 지 며칠이 지나서야 쓸데없는 짓을 했다는 생각이 밀려들었다. 그러면서도 가운 속에 묻었던 그의 사진을 겨울이 깊어질 때까지 잊고 있었다. 과거의 흔적이란 생의 어느 순간 발목을 잡는 걸림돌이 될 수 있다는 사실을 깨닫는 순간이었다.

사실 나는 그와 헤어지게 된 이유를 아직까지도 정확하게 진단 내리지 못하고 있었다. 내가 볼 때 이유는 한 가지뿐만이 아닌 것 같았고 어느 한 가지를 꼽기가 애매했다. 한편으로는 나와 관계된 모든 것이 이유인 것 같았고 모든 것이 이유가 아닌 것도 같았다.

그는 서른이 된 해 여름부터 내 몸을 들여다보기 시작했다. 박사과정과 동시에 그의 행동은 갑작스러웠다. 직원회의가 잦아지면서 회식도 늘어났고 당직 또한 자주 했으며 귀가 시간도 늦어졌다. 나는 미술관의 일에 대해서는 잘 알지 못했으므로 그의 말을 의심하지 않았다. 한여름의 달 밝은 밤에 그가 옷을 벗기고 내 몸을 골똘하게 들여다볼 때 역시 나는 아무 생각도 하지 못했다. 남성을 꼿꼿하게 세운 채 내 아랫도리를 한참 동안 들여다보기만 했건만 무언가를 찾아서 가리는 데만 급급했다.

나는 몸에 대해서 잘 알지 못했다. 나에게 몸에 대해 가르쳐 준 사람은 아무도 없었다. 내가 첫 생리를 시작했을 때 엄마는 생리대를 사주었고 결혼한 지 3개월이 지나자 시어머니는 아무 소식이 없느냐고 물었을 뿐이었다. 그녀들은 모두 어둠 속에서 한 가지 체위로 상대를 안았고 손으로 서로의 몸을 익혔을 것이었다. 그런 그녀들이 자신들의 몸조차 제대로 알았을 리 없었다.

난 그가 나를 안을 때는 반드시 불을 껐고 그가 내게 다가오면 눈을 감았다. 나는 그에게 불빛 아래서 나를 보여 주는 것을 꺼렸다. 내 몸에 그의 손이 닿을 때면 계절과 상관없이 소름이 돋고 추웠다. 그가 점점 몸이 달아올라 뜨거워질수록 반대로 내 몸은 점점 식어 가서 차가워졌다. 그리고 그의 몸도 마주 보지 못했다. 그는 이런 나를 보고 가만히 한숨을 쉬었다. "넌, 눈을 감고 있으니까 무엇을 잃게 되는지도 모르고 잃어버리겠구나." 이 말은 돌아누우며 한숨 끝에 내뱉은 것이었고 그제야 나는 그의 등을 바라보며 뭔가 어렴풋한 불안을 느꼈다.

내가 몸에 대해 알고 싶다고 생각했을 때 이미 모든 것은 돌이킬 수 없는 지경에 이르렀다. 달이 없는 밤에 그는 잠옷을 단단하게 입고 내게 말했다. "우린 아무래도 아닌 것 같지 않니?" 그는 그 이상 아무 말도 하지 않았고 내가 알 수 있는 이유는 아무것도 없었다. 다른 것은 몰라도 울어야 되는 상황인 것만은 분명했지만 눈물이 나지 않았다. 나는 그에게 물었다. "아이가 생기지 않아서야?" 그는 대답하지 않았다. 그리고 침묵으로 내게 사람의 마음이 그처럼 무겁고 견고할 수 있다는 것을 가르쳐 주었다. 내가 느끼는 것들은 너무도 어렴풋했고 또 막연했다. 그렇게 어렴풋하고 막연했던 것들은 물처럼 손가락 사이로 흘러내리고 말았다.

그리고 그 물은 너무 멀리 흘러갔다. 도대체 이런 사진을 간직해서 뭘 어쩌자는 것이었는지. 사진 속의 그는 굳게 다문 입에 슬프고도 화가 난 것 같은 미소를 보일 듯 말 듯 드리우고 있었는데 그 미소는 내 기억에 없는 미소였다. 또 오래 보고 싶지 않은 미소였다. 나는 김치 국물이 묻은 가운으로 그의 사진을 덮어 놓았다.

양하는 꽃들을 컴퓨터의 하드 속에 숨겼다. 화면에는 계산서가 떠 있었다. 칸칸마다 식자재와 식재료의 명칭과 숫자들이 담겨 있었고 흑백의 화면은 마치 아무도 눈여겨보지 않는 묘비 같았다.

양하의 컴퓨터는 또 하나의 무덤이었다. 양하가 자신의 비밀들을 차곡차곡 묻어 놓은 곳이었다. 현주나 경미나 나는 좀처럼 발굴할 수 없는 양하의 비밀이 묻힌 컴퓨터를 스치듯 훑어보았지만 모든 것은 암호 같았다.

나와 현주와 경미가 양하에 대해서 아는 것은 거의 없었다. 양하에게 세 명의 아이들이 있다는 것과 그 아이들 중 두 아이가 남편과 함께 다른 도시에 있다는 것 이외에는 사생활에 대해서 한마디도 하려 들지 않았다.

우리 세 여자는 항상 누군가의 비밀을 궁금해한다. 양하나 옆에 부재하는 사람의 흉을 보고 비밀을 궁금해하며 일의 강도를 잠시 잊는다. 현재의 남편과 전남편을 비교하고 미혼이었을 때와 기혼의 자신들을 이야기하며 절망하고 때로는 위로한다. 우리 세 여자는 딱 그만큼만 부재중인 사람에 대해 이야기한다. 그러므로 그것은 일종의 휴식 같은 것이라고 할 수 있었다. 꽃을 묻어 놓은 양하는 진지한 표정으로 계산서를 들여다보고 있었다. 나는 그런 양하를 잠자코 지나갔다. 어차피 우리 모두는 서로가 서로에게 생을 스쳐 가는 존재였다. 나는 정말 이대로 양하를 지나쳐서 지상으로 오르고 싶었다. 할 줄 아는 게 밥 짓는 일뿐이라서 삶을 지하에 저당 잡힌 우리는 스스로를 발굴하기 위해 안간힘을 써야 했다.

식당 한쪽 벽에 걸린 달력의 숫자를 보면서 나는 손가락을 꼽아 보았다. 상처에서 배어나던 핏기는 멈춘 듯했다. 시립 미술관의 유럽 레지던스 파견 신진 작가 공모전은 이제 삼 주가 남았다. 나는 이 공모에 작품을 응모하기 위해 지난 몇 달 동안 하루도 멈추지 않고 그림을 그렸었다. 온전히 내가 나였을 때로 돌아갔었다. 나는 달력을 보고 조리실로 갔다.

현주는 벌써 커다란 들통에 육수를 잡고 있었다. 현주가 호스로 물이 받아지는 들통에 다시마와 멸치를 씻어 넣는 사이 나는 밥솥에 쌀을 안쳤다. 피가 배어 나오고 있는 오른손의 상처에 밴드를 붙이고 라텍스 장갑을 한 개 더 덧끼웠고 쉴 수는 없었다. 그 다음에 김치를 썰고 시금치나물을 무쳐서 내놓고 나면 현주는 홍합국이 끓는 동안 월계수 잎과 정향과 통후추로 스파게티 육수를 만들고 나는 가자미 구이를 시작하기 전에 먼저 집게와 수저와 식판을 내놓아야 한다. 사실 조리와 배식의 순서는 간단한 것이었지만 단순한 일이 더 힘든 법이었다.

하지만 그보다 더 힘든 것은 식재료나 양념을 찾는 일이었다. 양하는 자주 식단표의 식재료를 발주에서 빠뜨렸고 심한 경우에는 주요리 재료를 까맣게 잊어버리기도 했다. 엊그제에도 오리 매운탕이 주요리였는데 오리가 발주에서 빠진 바람에 돼지고기 김치찌개로 대체한 일이 있었다. 양하는 늘 뭔가 한 가지씩 빠뜨렸다. 날마다 점검하고 확인을 거듭하는 것 같은데도 식단표 대로 진행된 적은 거의 없었다. 그래서 우리 세 여자는 재료를 찾는 데 적지 않은 시간을 허비하는 일이 많았고 그때마다 이렇게 허점이 많은 영양사가 빈틈없는 영양사보다 더 편한 건지 아닌지 비교해 보곤 했다. 그런 감정은 거의 매일 겪는 일이었고 여자의 그것 같은 꽃을 본 날이라고 해서 예외일 수 없었다.

현주가 분량의 물에 월계수 잎과 정향과 통후추를 넣어 불 위에 올려놓는 동안 스파게티 면을 찾는데 보이지 않았다. 식재료 창고에는 겨우 한 봉지 반의 스파게티 면이 재고로 남아 있을 뿐이었다. 식단표에는 홍합국, 스파게티, 가자미구이, 시금치나물, 배추김치가 점심 식단이라고 되어 있었다. 그러니까 스파게티는 화요일의 주요리였다. 그런데 스파게티 면이 없는 것이었다. 나는 양하를 불렀다.

"스파게티 면 안 왔어요?"

양하는 내민 몸을 영양사실로 집어넣었다가 거래 명세서를 들여다보며 걸어오더니 다시 영양사실로 몸을 돌렸다. 당황한 목소리가 양하의 어깨를 넘어왔다.

"아! 어떻게 해! 스파게티 면이 빠졌네."

재료만 다를 뿐 매번 듣는 소리였다. 이어서 납품업체 사장에게 전화하는 소리가 들렸고 알겠다는 말을 끝으로 전화는 끝났다. 조리대 앞에서 듣기에도 힘없는 목소리였다. 나는 그런 양하를 물끄러미 바라보았다. 하지만 잘잘못을 따질 시간 여유가 없었다. 배식 시간까지는 40분 정도 남아 있을 뿐이었다. 주요리를 대체할 시간으로는 터무니없이 부족한 시간이었다. 또 재료도 부족했다. 소스를 만들고 면을 삶을 물을 끓이는 동안 양하가 마트에 다녀오는 것 말고는 다른 방법이 없어 보였다. 나는 한숨을 쉬고 양하를 불렀다.

"마트에 달려갔다 와요. 빨리!"

가운을 입은 채 양하는 마트로 달려갔다. 키 작은 그녀의 발소리가 물 위에 뜬 홍합처럼 가볍게 멀어졌다. 현주는 말없이 가자미를 굽기 시작했지만 나는 홍합국에 넣을 청양고추를 썰며 고개를 저었다. 잘 벼려진 칼날 아래로 꽃과 그의 얼굴이 대파와 함께 썰려 나가는 것 같았다.

그와 헤어지지 않았다면, 나는 이런 일을 할 생각 따윈 눈곱만큼도 하지 못했을 터였다. 이렇게 큰 건물의 지하가 어떻게 생겼는지도 알지 못했을 것이고 이런 곳의 냉기가 어떤 것인지는 더더욱 알지 못했을 것이었다. 지하에 있는 동안 지상의 상황을 알지 못하는 것처럼.

미술을 전공했던 내가 대학 미전이나 그 밖의 공모전의 수상을 거머쥐었던 시간도 기억해 내지 못했을 것이었다. 눈에 보이는 꽃들을 스케치하던 시간도 잊었을 것이고 그가 가져다주는 돈으로 밥을 먹고 그의 아이를 낳으려고 온갖 시술을 했을 것이며 그의 입맛을 맞추기 위해 요리 학원에 다니고 있었을 것이었다. 그가 원하는 완벽한 가정이 내가 소원하던 전부인 줄 알고 살았을 터였다.

하지만 지상의 상황은 알지 못해도 눈이 내릴지 바람이 불지 상상할 수는 있었다. 나는 찬바람이 들어오는 창을 바라보았다. 토지 공사와의 사이로 한 뼘 넓이의 틈이 나 있고 토지 공사의 지하 뒷벽이 보이는 창이었다. 그래도 이 좁은 틈으로 마른 낙엽이나 눈발이 날아들어 오기도 했다. 지하에 있는 우리에게 계절과 하루의 날씨를 알려 주는 유일한 통로였다.

어쩌면 내 현실은 토지 공사와의 비좁은 틈 같은 것인지도 모른다는 생각이 들었다. 그러자 최대한 빨리 이 틈을 벗어나고 싶다는 조바심이 일었다. 지하의 냉기는 아무리 해도 익숙해질 수 없는 것이었고 영양사가 자주 식자재를 주문에서 빠뜨리고 수시로 식단이 바꿔야 하는 건 결코 마음 편한 일이 아니었다.

그와 헤어지고 혼자의 삶을 살기 시작하면서 선택한 직업 중에 조리사는 세 번째의 직업이었다. 그의 까다로운 입맛을 맞추기 위해 요리 학원을 다니던 나는 조리사 자격증을 취득했고 그와 헤어지는 과정에서 영양사 자격증은 시간을 놓쳤다. 처음엔 식당에서 설거지만 했다. 외부에 얼굴이 보이지 않는다는 장점은 있었으나 물감을 살 수도 없는 돈이어서 몇 달 만에 그만둘 수밖에 없었다.

그와 헤어지면서 난 내 물건들만 가지고 집을 나왔다. 그와 살면서 마련한 것은 가져오지 않았다. 그를 만나기 이전부터 내가 가지고 있었던 것들이었다. 오래돼서 가죽끈마저 삭아 버린 아트박스와 대학 시절 친구에게 선물 받았던 오르골 같은 것이었다. 아이가 없으니 양육 문제로 다툴 일이 없었고 경제활동을 하지 않았으니 재산 분할로 얼굴을 붉힐 일은 더더욱 없었다. 그 역시 아무런 말을 하지 않았다.

여행 가방 하나를 끌고 나오며 뒤돌아보았던 하늘빛. 어둠을 향해 가던 푸르스름한 하늘을 가끔씩 생각해 보곤 했다. 그때 내 눈이 보았던 푸른빛은 내 몸에 가득 찬 푸른 멍이었고 지워지지 않는 흉터 같았다. 플라스틱 인형에 아크릴 물감으로 옷을 입히고 눈과 입을 그리던 두 번째 직업에서 난 내가 그림을 그렸던 시간을 기억해 냈다.

내게 조리사란 직업은 적당했다. 좋지도 그리 나쁘지도 않았다. 하루 세 끼를 이곳에서 해결할 수 있어서 다행이었고 하얀 가운 외에 철마다 새로운 옷이 필요하지 않아 고마웠다. 날마다 같은 사람과 일을 한다는 것이 편안했고 몸을 움직여서 일을 하고 땀을 흘려서 좋았다.

때때로 식자재에 중요한 식재료가 빠져서 허둥대는 불편함과 일하는 이곳이 지하인 것을 제외하고는 견딜 만했다.

하지만 사람들에게 조리사라는 직업을 밝힐 수는 없었다. 그와 헤어지고 난 후 그림을 다시 그리기 시작하면서 화구를 사기 위해 찾아갔던 화방 주인은 오래전의 나를 기억하고 있었다. 도시의 화방은 몇 개 되지 않고 문을 연 지 사십 년이 훌쩍 넘은 곳도 있었다. 화방 주인의 "그래 하루 내내 뭘 하겠어. 그림 그리다 보면 다 잊게 될 거야." 하는 말을 들으면서 난 그저 빙긋 웃었다. 그들은 나의 시행착오를 알고 있었다.

가자미를 굽고 있는 현주의 뺨은 붉고 콧등에 땀까지 맺혔는데 홍합국에 청양고추를 넣는 내 등에는 한기가 돌았다. 조리용 라텍스 장갑을 두 개나 끼었는데 청양고추 때문인지 오른손의 상처가 불에 덴 것처럼 쓰라리고 욱신거렸다.

밥솥의 추가 돌기 시작할 때 홍합국이 완성되었고 스파게티 소스가 거의 다 되어 갈 무렵 양하가 돌아왔다. 정확하게 말하면 삶은 토마토를 으깬 뒤 퓌레를 넣을 때였다. 뺨이 빨갛게 상기되어 들어선 양하의 머리 위에서 눈송이가 몇 개 붙어 있다 녹았다.

나는 스파게티 면을 받으며 애써 무표정한 얼굴로 양하에게 물었다.

"밖에, 눈 와요?"

양하는 가쁜 숨을 몰아쉬면서 대답했다.

"예. 조금요. 근데 눈송이가 커서 꽃잎 같아요."

이렇게 말하는 양하가 백여 미터나 되는 거리를 뛰어갔다 오느라 힘들었을 거라는 생각은 하지 않았다. 매번 있는 일이어서 현주는 말도 섞지 않았다. 나는 무심하게 스파게티 면이 붙지 않도록 올리브 오일을 넣으며 한 번 저어 주고 홍합국의 간을 보러 온 양하를 돌아보았다.

"함박눈이 내리면 좋을 텐데…."

홍합국물을 후 불어서 간을 본 양하가 나와 현주를 바라보았다.

"누가 끓였어요? 맛있어요."

현주가 손가락으로 나를 가리켰고 양하는 홍합을 한 그릇 퍼 담았다. 붉은색은 암컷이고 흰색에 가까운 것은 수컷인데 양하가 맨 처음 집은 것은 통통한 암컷이었고 영락없는 꽃이었다. 분홍색으로 살이 오른 조개의 살을 보자 나도 모르게 침이 고였다.

뼛속까지 시리게 하던 지하의 공기는 따뜻해져 있고 토실토실하게 살이 올라 있는 홍합은 식욕에 불을 댕겼다. 하지만 양하처럼 한가하게 홍합을 먹고 있을 시간이 없었다. 점심 배식은 12시부터였고 12시까지는 겨우 10분밖에 남아 있지 않았다. 10분을 남겨 놓고 현주는 가자미를 다 구웠다. 나는 다 삶아진 스파게티 면에 올리브기름과 소금을 넣어 섞어서 내놓고 마지막으로 밥을 올려놓는 것으로 배식을 마쳤다.

이곳이 지하라는 사실을 잊어버리게 만드는 유일한 시간은 식사 시간이었다. 지상의 사람들은 지하에 내려와서 우리들이 따뜻하게 데워 놓은 공기 속에서 스파게티 소스에 면을 비비고 홍합 속에서 붉은 살을 꺼내 먹었다. 그렇게 홍합 껍질을 식판 위에 수북하게 쌓아놓으면서도 눈 이야기를 하는 사람은 아무도 없었다. 음식물 찌꺼기와 뒤섞인 홍합 껍질을 골라내는 내게 눈 이야기를 해 준 사람은 건물 관리 아저씨였다.

"눈이 많이 와요. 바람도 불고."

"바깥 날씨를 알려 주시는 분은 아저씨밖에 없어요."

순간, 갑자기 눈이 보고 싶다는 생각이 들었다. 나는 습관적으로 창틈을 돌아보았다. 토지 공사와의 틈으로 커다란 눈송이가 두어 잎 나풀나풀 버너 위로 날아들고 있었다.

한 번 들어오면 눈이 오는지 비가 내리는지 알 수 없는 지하. 아무리 푸르고 줄기가 단단한 식물도 연두색의 잎과 줄기로 변해 버리는 곳에서 우리는 언제나 창백한 얼굴로 지상을 그리워한다. 그것도 우리가 출근하는 새벽이나 퇴근하는 저녁처럼 어둑한 세상이 아니라 환한 낮 동안의 지상을 말이다.

하지만 양하와 현주, 경미는 이 지하를 떠날 생각이 없다. 현주는 두 아이들보다 걸핏하면 거액의 현금 서비스를 받는 남편을 더 힘들어하고 있었고 경미는 혼자서 딸 하나를 힘겹게 키우고 있었다. 나를 포함한 세 여자가 가장 잘하는 일은 밥 짓는 것이었고 한곳에서 오래 버텨야 퇴직금을 두둑하게 만질 수 있는 노동자들이었다.

이 병원에서 모든 직원들의 호칭은 선생님으로 정해져 있는데 우리 조리사들만은 여사님이었다. 말이 좋아서 여사님이지 아줌마를 좀 더 높여 부르는 것에 지나지 않았다. 모두가 따뜻할 때 밥을 먹고 나면 다 식어 버린 밥을 먹는 존재가 또 우리 조리사들이었다. 배가 고프면 사람들은 본능적으로 조리실을 기웃거리면서 우리의 몫으로 온

전한 생선 한 토막 남겨 줄 줄 몰랐다.

나는 사람들이 쉴 새 없이 음식을 저작하는 사이사이 이야기를 하는 사람들을 물끄러미 바라보았다. 어떤 이는 스마트폰을 들여다보며 밥을 먹었고 어떤 이들은 속삭이듯 오전의 일과를 조심조심 나누었고 남은 오후 일과에 한숨을 내뱉었다. 항상 휴대용 라디오를 들고 다니는 원무부장의 부재도 알았다. 그는 식탁에 앉으면 라디오를 켜는 사람이었다. 지하여서인지 라디오의 주파수는 정확하지 않았고 수저를 놓을 무렵에야 오늘의 날씨나 오늘의 주가 등이 라디오에서 흘러나오곤 했다.

점심을 먹기 위해 사람들이 오고 가고 식탁에 앉아 수저가 입으로 들고 나는 사이사이 그들의 식판 한쪽에는 까만 껍데기가 수북했고 내 앞에도 점점 식판이 쌓여 갔다.

아무리 아름다운 꽃도 테이블을 거쳐서 잔반통으로 오면 쓰레기였다. 잔반통에는 먹다 남긴 스파게티와 김치 가닥과 하얀 밥 덩어리가 홍합 껍질과 함께 쌓였다. 나는 쓰레기 속에서 홍합 껍질을 종량제 봉투에 골라 담으며 이 지하에 오기까지의 시간을 생각했다. 그와 이혼한 뒤 혼자의 삶에 적응하기까지 적지 않은 시간이 흘렀지만 그 시간은 단 몇 마디로 요약할 수 있을 만큼 돌이켜 보면 한순간이었다.

그가 군대를 다녀와 대학원에 복학했을 때 난 졸업 작품을 준비 중인 4학년이었다. 난 그를 선배로 만났다. 그는 복학을 하자마자 대한민국 학술원 주최의 조각 부문 최고상을 받았고 학위 취득 후 그가 미술관에서 일을 시작하며 내게 프러포즈를 했다. 사랑한다는 말과 함께였다. 나는 사랑한다는 그 말을 믿지도 그렇다고 믿지 않은 것도 아니었다. 오랜 기억 속 그는 나를 사랑하고 있는 것도 같았다.

졸업 작품을 마무리할 무렵 늦은 밤에 실기실로 찾아온 그와 둘만 남게 되었을 때 그는 내게 다가와 나를 끌어안고 바지를 벗겼다. 그리고 내 귀에 뜨거운 입김을 쏟아 내며 사랑한다고 뜨겁고 단단해진 자신의 몸을 내 몸 안으로 밀어 넣었다. 아팠고 무서웠다. 소리를 지를 수 없다는 사실과 소리를 지른다 해도 그 시간에 달려올 수 있는 사람이 없다는 사실이 더 무서웠다. 추운 날씨였고 입에서는 치아가 부딪는 소리가 났다. 그때 난 내 몸 위에 있는 그의 중량을 견디며 눈을 감았다. 그리고 무덤에 산 채로 파묻히고 있는 것이라는 생각을 했다. 난 멀리 날고 싶었다. 태어나고 자랐던 도시와 이 나라를 떠나서 내가 살아가야 하는 이유를 찾고 싶었다. 하지만 그가 프러포즈를 하자마자 기다렸다는 듯이 난 그와 결혼을 했다.

그와 헤어질 때, 나는 내 삶이 억울해서 그를 처절하게 만들고 싶었다. 하지만 그는 멀쩡했고 박사과정 중에서 만난 여자와 재혼했으며 그가 다니던 구립 미술관의 학예실장이 되었다. 내가 그와 살던 고향에서 이 도시로 오는 동안 그의 삶은 몇 장의 사진과 몇 줄의 설명 글로 요약되고 있었다.

문득 한숨이 나왔다. 이 지하에서의 첫 번째 겨울, 그 하루가 종량제 봉투에 가득 차고 있었다. 쓸쓸하다는 생각이 들었다. 그는 내가 어디서 무엇을 하는지 모를 것이고 이 홍합 껍질이 일만 년 전인가 일만 오천 년 전인가 인디언이 버렸던 조개껍질처럼 먼 훗날 발견될 일은 전혀 없을 터였다. 그것은 잘 살고 있는 그가 나를 떠올릴 가능성

만큼이나 희박한 일이었다. 그것은 함량 미달의 여자가 영양사라는 것만큼 그리고 남은 반찬과 식어 버린 밥을 먹는 것만큼 불공평한 일이라는 생각이 들었다.

나는 애벌 세제를 풀어 놓은 물에 식판을 담그다 사물함으로 갔다. 그리고 그의 사진을 꺼내어 홍합 껍질 무더기 위에 조각조각 잘라서 버렸다. 머릿속에는 오직 한 가지 생각뿐이었다. 지상으로 올라가는 매미처럼 이제 조금씩 허물을 벗어야 한다. 그의 찢어진 눈과 코와 입이 조개껍질 위로 눈처럼 떨어졌다. 눈동자만 남은 눈이 나를 빤히 쳐다보았다. 그런 그의 눈이 불쾌했다. 한밤중 불을 끈 어둠 속에서 내 몸을 들여다보던 그의 눈도 떠올랐다. 나도 이제는 무엇에든지 눈을 감지 않을 자신이 있다. 시립 미술관 유럽 레지던스 파견 신진 작가 공모에 선정되지 못한다 해도 기회는 많다. 내게는 그림이 전부였던 시절이 있었고 나를 있게 할 그림이 있다. 그림은 나의 삶이 가장 힘들고 아플 때 그렇게 내게로 와서 나를 일으켜 주었다. 그래서 그의 눈을 더욱 잘게 찢고 그 위에 홍합 껍질을 부었다. 배식 상황을 점검하던 양하가 나를 빤히 쳐다보았다. 양하는 영문을 모르겠다는 얼굴이었다.

현주가 나를 불렀다.

"밥 먹게요. 이제 거의 다 끝난 거 같아요."

이 말을 듣자 갑자기 극심한 허기가 몰려왔다. 나는 홍합국을 뜨러 토지 공사와의 창틈 아래 있는 들통으로 갔다. 꽃잎처럼 넓적한 눈송이가 들통 속으로 떨어지는 게 보였다. 눈송이는 들통 속에 닿기도 전에 녹아 버렸다. 붉고 하얗게 핀 홍합의 살들은 여전히 따뜻했다. 현주가 아주 약하게 가스 불을 켜 둔 덕분이었다.

홍합국을 뜰 때 원무부장의 목소리가 들렸다. 시계는 배식 시간이 끝나는 오후 1시를 가리키고 있었다. 나보다 한 살이 많은 원무부장은 퇴원 환자 수속 때문에 늦었다고 미안한 표정을 지었다. 손에는 휴대용 라디오가 들려 있었다.

"저기, 아주머니. 죄송한데 여기 식판이 없는데요."

현주와 나는 잠시 서로를 마주 바라보았다. 식판은 결국 현주가 가져다주었다. 식판을 갖다줄 때 현주는 천진하게 물었다.

"밖에 눈이 와요?"

원무부장은 국그릇에 홍합국을 푸다 말고 현주를 바라보았다.

"잘 모르겠어요. 원무과에도 창문이 없어요."

나는 영양사실로 들어간 양하를 부르러 갔다. 어떻게든 배식은 끝났고 우리는 함께 밥을 먹어야 하는 관계이기 때문이었다.

양하의 컴퓨터에는 또다시 스물네 송이의 꽃이 화면을 가득 채우고 있었다. 새침하게 음부를 벌리고 있는 꽃. 빨갛게 노랗고 꽃술이 보일 듯 말 듯하는 부분에 연분홍색으로 물들어 있는 꽃이 유독 눈길을 끌었다. 나는 밴드가 붙여져 있는 오른손의 집게손가락 끝으로 수줍게 벌어진 그곳을 만져 보았다. 주파수를 맞추던 원무부장의 휴대용 라디오에서 베토벤의 「키리에」가 낮게 지직거렸다.

가죽가방

그림 송필용 作

내가 어떤 목소리에 발을 멈춘 건 화장실로 가는 계단 앞에서였다.

카페에 들어설 때부터 요의를 느꼈던 나는 커피 주문을 하자마자 화장실로 달려가던 길이었다. 몇 개의 탁자를 지나고 화장실로 가는 뒷문을 나서서 막 계단을 오르려고 할 때 몇 명의 남자들이 계단 위에서 이야기를 나누고 있었다. 그런데, 그 가운데 한 목소리가 오랫동안 기억 속에 남아 있는 목소리를 떠올리게 했다. 삼십 년 전, 어느 새벽에 들었던 목소리를 나는 지금까지 기억하고 있었다. 꽤 부드러운 목소리. 귓바퀴에 또렷하게 내려앉을 것 같던 그 목소리. 아무리 많은 시간이 지나도 기억에서 지워지지 않은 목소리. 얼굴과는 다르게 그 목소리만은 내 기억에 문신처럼 또렷하게 남아 있었다.

나는 계단을 오르면서 남자들을 바라보았다. 그 가운데서 한 남자와 눈이 마주쳤다. 그는 머리숱이 적고 곱슬머리였으며 안경을 썼고 중간 키에 몸피가 큰 사람이었다. 피부는 약간 가무잡잡했고 나이가 나와 비슷해 보였다.

하지만 내가 기억하는 목소리는 그와 잘 연결이 되지 않았다. 나는 삼십 년 전, 어느 날 밤을 함께 보낸 얼굴을 기억하지 못하고 있었다. 내게 남아 있는 것은 목소리뿐이었다.

나는 계단 중간에 잠시 멈춰서 그를 바라보았다. 삼십 년 전 들었던 목소리의 주인은 틀림없는 그였다. 그런데 그의 얼굴은 삼십 년이라는 시간은 차치하고라도 한 번도 보았던 기억이 없는 얼굴이었다. 하긴 삼십 년이라는 세월은 웬만한 기억 같은 건 퇴색시키고도 남을 만큼 긴 시간이긴 했다.

나는 지금도 기억한다. 무지무지 뜨거웠던 늦은 봄날을. 심장이 터지도록 숨 가쁘게 달리곤 했던 이 도시의 밤을. 우리를 쫓는 검은 그림자들을 피해 껌껌한 골목으로 턱밑까지 차오른 숨을 참으며 숨어들던 삼십 년 전 나는 스무 살이었다.

스무 살은 열정의 온도가 가늠되지 않는 나이다. 되돌아보건대 모든 일에 있어서 생각보다 패기와 의욕이 한발 앞서 나가는 나이가 스무 살이었다. 한마디 구호와 뛰어다니는 발에 실리는 힘만으로도 우주의 공기를 팽팽하게 만드는 나이. 그때는 스무 살도 스물일곱 살도 모두 스무 살로 불렸다.

스무 살의 목소리는 모두 똑같았다. 대학교 정문 앞에 겹겹이 쳐진 바리케이드를 뚫고 거리로 뛰쳐나갈 때도, 최루탄이 난무하는 거리를 질주할 때도 우리는 한목소리였다. 모두의 목소리에는 핏발이 섰고 비장해서 가슴이 뜨거웠다. 목소리 톤이 평소보다 몇 옥타브는 높았다. 우리를 이탈하는 목소리는 단 한 사람도 없었다. 학교와 전공학

과 따위는 무의미했다. 피로 집권한 군부 정권에 맞설 수 있다는 것만
이 중요했다.

'물러나라. 물러나라. 전두환은 물러나라!'

오직 맨주먹뿐인 대열은 언제나 길었다. 나는 긴 대열의 중간쯤에
서 준비한 돌을 넣은 가죽가방을 메고 구호를 따라 외쳤다. 대열의 위
치는 자주 바뀌었다. 성급한 목소리가 대열을 제치고 앞으로 나갈 때
면 제 속도를 유지하던 목소리는 또 다른 목소리와 열을 이루었다. 대
열을 유지한 채 앞만 보고 달리다 보면 어느 사이 제일 앞줄을 달리
고 있었고, 최루 가스에 눈이 매워져서 잠시 주춤대면 어느새 백골단
에게 잡힐 것 같은 거리에 있기도 했다. 하지만 그런 건 중요하지 않
았다. 중요한 건 대열을 벗어나지 않고 옆 사람과 보폭을 맞추며 군부
독재와 싸우는 것이었다. 그날 내 옆에는 짧은 곱슬머리의 남학생과
나처럼 커트 머리를 한 여학생이 속도를 맞추고 있었다. 그때도 대열
은 4열이나 5열 횡대였고 속도는 빠르게 걷는 속도였다. 그렇게 대열
을 이룬 스무 살들은 돌발 상황이 생기면 눈빛을 교환하고 일제히 뛰
기로 했다.

금남로에서 도청 앞 광장에 이르렀을 때 우리 스무 살들은 대열을
향해 사방에서 튀어나오는 백골단을 발견했다. 그동안의 정렬이 무색
할 만큼 우리의 대열은 순식간에 흩어졌다. 서로 눈빛을 교환할 시간
도 없었다. 긴박한 순간이었다. 백골단은 하나같이 하얀 헬멧을 머리
에 쓴 청색의 사복 차림이었다. 그들이 휘두르는 곤봉은 우리의 속도
를 순식간에 따라잡았다.

눈에는 이상한 광채가 번득였다. 보통 평범한 일상의 사람에게서

는 찾아보기 힘든 눈빛이었다. 일개 대대쯤 될 것 같았다. 나는 그 가운데서 보통 키에 보통 체격의 백골단과 눈이 마주쳤다. 우리 스무 살들을 꼭 잡고 말겠다는 살기 어린 표정과 불이 붙은 화살이 장전된 것 같은 눈빛을 보는 순간 티브이에서 보았던 한 장면이 빠르게 스쳐 갔다. 상대방을 단숨에 박살 내기 위해 어금니를 악무는 추격자의 눈빛. 네 발이 묶이고 목이 나무에 매달려 버둥거리는 개의 두개골을 한방에 박살 내려 하는 눈빛. 그 눈빛과 마주한 순간 나는 반사적으로 몸을 돌려 뛰기 시작했다. 그렇지 않으면 티브이 화면에서 보았던 것처럼 머리가 터져 곤죽이 될 게 뻔해 보였기 때문이었다.

억울한 생각이 들었다. 나는, 우리는, 제대로 된 자유와 민주를 찾기 위해 거리로 나왔을 뿐이었다. 자유란 게 무엇인지 학습으로만 겨우 깨쳤을 뿐 구체적인 정의는 알지 못했다. 학습한 자유를 누리면서 살아 본 적도 없었다. 자유 비슷한 자유 말고 진짜 자유를 찾기 위해 천 리 밖에 있는 군부에 저항했을 뿐이고 입술에 침만 묻히는 민주 말고 진짜 민주를 찾고 싶어서 맨주먹을 휘두르며 거리로 뛰쳐나왔다. 진짜와 가짜를 식별하는 능력을 키웠으므로 진짜를 달라고 소리친 것뿐인데 군부는 그것이 죄라고 곤봉을 휘두르고 최루탄을 퍼붓는다. 그렇게 우리를 단죄하려 한다. 점점 숨이 가빠오고 심장이 터질 것 같은데도 내 머리에는 쉴 새 없이 이런 문장들이 줄을 이었다.

모든 일이 그렇지만 돌발 상황이라는 것은 언제 생길지 예측하기 어려운 것이다. 백 퍼센트의 발발 확률과 비례해서 예측하기 어려운 시기 때문에 대열은 늘 긴장을 놓지 않았다. 그것은 조각을 위해 커다란 돌덩이를 앞에 두고 있는 사람의 심정과 비슷할지도 모른다. 이 비유는 미술대학에 다니면서 생긴 습관이었다.

내가 보기에 사람들은 대체로 이렇게 생각하는 것 같았다. 예술을 공부하는 사람들은 정치나 정세라는 낱말과는 전혀 어울리지 않는다. 어떻게 예술이 정치와 어울릴 수 있는가. 예술은 그냥 정치의 보호를 받아야 하는 나무가 아닌가. 내가 스무 살 때는 이런 고정관념이 더 심각했을 터였다. 하지만 나는 스무 살이었다. 4B 연필과 조각칼과 붓을 내던지고 언제든지 긴 대열을 따라나설 수 있었다. 예술도 총이 될 수 있다, 설사 총이 되지 못한다면 총을 숨길 수 있는 가방이라도 되어야 한다는 생각도 했었다.

내 주장을 누구보다 열렬하게 지지해 준 사람은 같은 미술대학의 선배였다. 그러나 나는 선배를 잘 몰랐다. 군대를 다녀온 복학생이라는 것과 모든 작품에 화강암만을 사용한다는 것 정도가 전부였다. 선배는 차갑고 단단한 돌에 기쁨과 슬픔과 분노를 조각하지 않는 것으로 그리운 표정을 만들어 놓고 있었다. 선배의 작품을 보고 있으면 아무런 가망이 없다 하더라도 언제까지고 한없이 누군가를, 혹은 어떤 날을 기다릴 수 있을 것만 같은 생각이 들었다. 선배의 주제는 화강암을 만나서 살아나는 것 같았다.

내가 투쟁적이며 예술과 어울리지 않는 독서모임에 나가게 된 건 선배의 영향이었다. 하지만 같은 시대를 사는 사람으로서의 막연한 책임 때문에 독서모임에 참여했을 뿐이라고 설명했고 사람들도 내 말에 머리를 끄덕였다. 그게 나라는 사람이었다. 남자 따위는 별 관심이 없고 특별한 재능이 있는 것도 아니면서 미술의 모든 것에만 열정을 쏘는 여자. 미술이 역사의 방향을 바꿀 수도, 혁명의 도구가 될 수 있다고 믿었던 여자. 짧은 커트 머리와 헐렁한 점퍼 때문에 멀리서나 뒤에서 보면 꼭 남자 같은 여자.

그런데 또 그게 나였다. 나는 독서모임의 정원이 되고 나서야 내가 선배에 대해 가진 호기심의 종류를 정확하게 파악할 수 있었다. 그랬다. 나는 단지 돌과 붓의 차이가 궁금했던 게 아닌가 싶다. 그때 내가 느낀 건 돌과 붓의 차이는 있을 테지만 결국 추구하는 것은 하나라는 것이었다. 우리는 정으로 돌을 쪼고 붓으로 캔버스를 채우듯 치밀하게 생각하고 구성해서 시위를 계획해 나갔다. 정치는 예술을 보호하고 지지해 줘야 하지만 예술은 정치에 맞설 수 있어야 했다. 또 그래야 한다는 게 우리 스무 살들의 생각이었다.

모든 일이 계획한 대로 이뤄지는 것은 아니다. 선배가 말하기를, 우리는 화강암을 조금씩 정으로 쪼아서 하나의 작품을 만들 듯 자유와 민주주의를 이뤄 나가야 한다고 했는데, 나는 솔직히 우리가 정이나 제대로 쪼고 있는지조차 의심스러웠다. 아무것도 분별이 되지 않았고 그 무엇도 판단하기 어려웠다. 무차별적으로 휘둘러지는 곤봉 앞에서 우리의 대열은 자주 흐트러졌고 곤봉을 맞으며 끌려갔고 일부는 백골단이 알지 못하는 골목으로 빠르게 스며들어 갔다.

나도 그 길 가운데 하나를 찾아 들어가야 했다. 심장이 터져 버리기 전에, 곤봉에 맞아 곤죽이 되기 전에 어딘가로 숨어들긴 해야 했다. 그것도 다른 사람이 숨어들지 않는 골목을 찾아야 했다. 그래야 몸을 숨기고 살인적인 눈빛과 곤봉을 피할 수 있으니까. 그래야 다시 대열을 만들어 저항할 수 있으니까. 선배의 말처럼 화강암을 정으로 쪼아 근사한 작품을 만들 듯 어디에도 부끄럽지 않은 자유다운 자유를 성취하고 학습했던 진짜 자유를 누릴 수 있을 테니까. 곤봉에 부서진 팔과 다리로는 다시 거리를 달리며 싸울 수 없으니까. 그럴듯한 변명들이 아주 작은 골목 입구마다 널려 있었다. 나는 그 가운데서 지린내가 진동하고 시커먼 바닥이 찐득거릴 만큼 더러운 골목으로 뛰어들어 갔다. 메고 있는 가죽가방 속에서 채 던지지 못한 돌들이 달그락거리며 쉼 없이 소리를 냈다. 뒤에서 나를 쫓아 뛰어오는 운동화 소리도 쉬지 않고 들려오고 있었다. 가방 안의 돌들을 버리면 더 잘 달릴 수 있을 텐데 가방을 열고 돌을 던질 여유가 내게는 없었다. 숨이 턱에 차서 질식할 것만 같은데 그 발소리는 지치는 느낌이 전혀 없었다.

나를 쫓는 발소리와의 간격은 점점 좁아지고 있는 것 같았다. 그런데 길조차 더 이상 갈 곳이 없는 막다른 골목이었다. 어느새 어둠이 내리고 있는 골목, 앞으로 나갈 수도 없고 뒤돌아서 갈 수도 없는 상황 앞에서 나는 온몸이 떨리도록 절망했다. 골목의 대문은 모두 굳게 닫혀 있었고 깜깜해져 있었다. 어느 집도 불은 켜지지 않았다. 비릿한 냄새가 진동하는 막다른 골목에서 나는 생각했다. 이제 나는 죽었다!

그때, 이제 백골단에게 잡혔구나. 이제 끝이다. 억센 힘을 가진 손이 내 머리채를 잡아채는 것 같은 느낌으로 절망한 바로 그때, 아주 조금 열려 있는 대문 하나가 보였다. 나는 0.1초도 생각할 겨를이 없이 그 대문을 박차고 안으로 들어갔다. 내가 낡고 오래된 집의 마당으로 들어서는 것과 희미하게 불이 켜진 한 방에서 주인인 듯 보이는 여자가 나온 것은 거의 동시였다. 그녀는 헐떡이는 내 숨소리를 듣자마자 상황을 알아차렸고 늘어선 방 가운데 가장 끝 방을 손으로 가리켰다. 나는 신발을 신은 채 그 방으로 뛰어들어 갔다. 그러자 주인 여자는 뒤쫓아 달려와서 방문을 닫았다. 모든 게 순식간이었다.

고작 두 평 정도밖에 되지 않을 것 같은 작은 방이었다. 나는 캄캄한 어둠 속에서 숨을 죽이고 납작 웅크렸다. 가슴이 터질 것 같았다. 숨소리마저 죽이기 위해 손으로 코와 입을 가렸다. 묵직한 운동화 소리가 타다닥 소리를 내며 마당으로 들어오는 소리가 들렸다. 이어서 방문 열리는 소리와 느린 목소리가 운동화 소리의 주인에게 말했다.

"혼자세요?"

나는 나도 모르게 고개를 들고 방문을 바라보았다. 운동화 소리의 주인은 조금의 시간차도 두지 않고 대답했다.

"씨발. 미친년 여기 들어왔지? 체크무늬……"

시간 차이를 두지 않기는 방문을 열고 나온 목소리의 주인도 마찬가지였다.

"여긴 사창가인데. 여자라니. 휴— 여긴 한물 간 사람만 오는 곳인데…."

슬리퍼 소리가 방 쪽으로 몇 발짝 다가왔다.

"방문 열어 봐도 돼. 세상이 시끄러워 요즘은 그나마 찾는 사람도 없어."

잠시 밖이 조용했다. 아주 잠시, 그 잠시의 시간은 내가 살아온 시간과 맞먹을 터였다. 소름이 돋았다. 목울대를 넘어오는 신물이 느껴졌다. 침을 삼키는 소리가 천둥소리 같아 손으로 입을 더 틀어막았다.

헐떡이며 방에 뛰어드는 내 등 뒤로 방문을 닫던 주인 여자를 떠올렸다. 운동화 소리의 주인이 텅 비어 있는 모든 방문 앞을 말없이 스캔하고 있는 상황도 함께 그려졌다. 나는 더욱더 숨을 죽였다. 신발도 벗지 못한 채 쭈그리고 앉아 덜덜 떨고 있는 몸이 어금니로 느껴졌다.

그때 운동화 소리의 주인이 정적을 깼다. 처음보다 조금은 안정된 목소리였다.

"데모하는 년들은 모두 빨갱이야. 모조리 잡아 죽여야 해."

와당탕 무언가를 발로 차는 소리와 함께 운동화 소리는 대문 밖으로 멀어졌고 어딘가로 또 뛰어가고 있었다.

나는 방바닥에 털썩 주저앉았다. 신발도 벗었고 그동안 참았던 숨도 비로소 길고 깊게 토해졌다. 고개를 들어 작은 방 안도 둘러보았다. 메고 있던 무거운 가죽가방도 방바닥으로 내려놓았다. 썩은 우유에 싸구려 향수가 섞인 냄새가 나는 것 같았다. 그제야 한 사람이 또 있었다는 사실을 발견하고 깜짝 놀랐다. 다른 사람이 있을 거라는 생각은 하지도 못했기 때문이었다. 밖의 상황에 신경 쓰느라 방 안은 살피지도 않았다. 그런데 흩어진 대열이 그 방 안에 또 있었다.

그와 나는 깜깜한 방에서 서로 맞은편 벽에 기대고 앉아 밤을 새웠다. 밖으로 나갈 수도 없는 상황이었고 긴장을 풀고 잠을 잘 수도 없었다. 과도한 긴장 때문에 잠이 올 것 같지도 않았다. 불을 켤 수도 없어서 얼굴도 모르는 그와 내가 그 밤에 할 수 있는 것이라고는 밖에 귀를 기울이며 조금씩 이야기를 나누는 것뿐이었다.

그는 조용하고 짤막짤막하게 시국과 정세에 대해 자신의 견해를 이야기했다. 국민을 우롱하는 군부 독재에 대해 비판도 했고 자유와 민주주의는 화강암을 정으로 쪼아 작품을 만들 듯 이뤄 나가야 한다는 선배의 말에도 그는 동의했다. 그러니까 예술과 정치를 별개의 것으로 나눠 생각해서는 안 된다는 말도 했다. 예술이 사회를 변혁하는 힘이 되어야 한다고도 했다. 우리는 지금 잠시 흩어지긴 했지만, 연잎 위의 물방울들처럼 곧 다시 하나의 커다란 물방울로 모일 거라고도 했던 것 같다. 죽을 때까지 변절하지 않고 민주주의를 향해 끝까지 싸울 것이라고 그가 말했던 것도 같다. 나는 내가 만든 가죽가방에 돌을 담지 않아도 될 그때까지 싸울 것이라고 했다. 그것이 내가 그 어떤 것보다도 튼튼하게 가죽가방을 만든 직접적인 이유가 될 것이라고 말했던 것도 같다. 투쟁이란 힘으로 밀어붙이는 싸움이 아니라 시간과 인내의 싸움이라는 말도. 각자의 방향에서 첫 마음으로 싸우다 보면 운동의 연대 선상에서 우리가 다시 만날 수도 있을 거란 말도. 그렇게 긴장을 하며 이야기를 하다 지치면 가끔 각자의 팔로 안은 각자의 무릎에 얼굴을 묻고 아주 잠깐씩 졸기도 했다.

밤은 생각보다 길었고 밤이 깊어질수록 외부에서 들리는 소음은 시끄러워졌다. 느닷없는 헬리콥터 소리가 부산스럽게 들렸고 골목을 달리는 발소리도 다시 들렸다. 서로 얼굴도 모르는 남녀가 함께 보내는 밤은 버거웠다. 하지를 한 달 정도 남긴 때였는데도 날씨까지 추웠다. 그런데 그게 내 생각만은 아니었던 모양이었다. 아마도 시간이 새벽 서너 시쯤 될 때였던 것 같은데 그가 팔로 안아 세운 무릎에 턱을 괴면서 그러는 거였다.

"시간이 흘러가는 모습, 이렇게 지켜보는 거 처음이에요. 사물의 명암이 분과 초마다 조금씩 달라지는 것은 처음 봐요. 우리도, 나라도, 자유도, 민주주의도 이렇게 조금씩 달라지겠죠?"

나도 그의 이 말에 깊이 공감했다. 우리가 삶을 사는 것은 과거를 만들어 내는 거라는 것. 초침이 똑딱! 하고 지나가는 순간 일 초가 과거로 흘러간다. 시곗바늘 소리에서 슬프거나 다행스럽다는 감정이 느껴진 것도 그때가 처음이었다.

사물이 어둠 속에서 희미하게 다시 돋아날 무렵 그는 구석 자리에서 일어났다. 자신의 자리로 돌아가기에 여인숙의 환한 아침이 스무 살의 우리에게는 어색하고 부끄러운 곳이었으니까 당연한 일이었다. 나도 돌이 들어 있는 가방을 다시 멨다.

지난 저녁, 내가 숨어들 방을 가리키고 등 뒤로 방문을 닫던 주인 여자의 방은 아직 깜깜했다. 하지만 주인 여자가 일어났다 해도 내게는 돈이 없었다. 그 역시도 마찬가지인 것 같았다. 그와 나는 최대한 소리를 죽여 마루를 내려섰고 신발을 신고 마당으로 들어섰다. 그리고 그곳에서 유정여인숙이라는 녹슬어 가는 간판을 보았다.

그는 마당으로 내려서기 전에 "잠깐만요."하며 나를 돌아보았다. 얼굴이 깡마르고 적당한 키의 그와 여자로서는 큰 편인 내 눈이 어스름 속에서 부딪쳤다.

"우리, 이름이나 알고 헤어지죠. 난 G대학의…."

분명히 그는 그때 자신의 이름을 내게 말했다. 그러나 불행하게도 나는 그의 이름을 유정여인숙에서 나오자마자 잊어버렸다. 아니, 귓등으로 들었다고 해야 맞을 것 같다. 그가 자신의 이름을 말하며 손을 내밀었을 때 나는 그와 나누었던 이야기를 생각하고 있었으니까. 또 미술패들은 모두 무사할까. 집합시간인 오후 8시를 넘긴 나를 재수 없이 연행되었다고 여기는 것은 아닐까 하는 생각이 들었으니까. 희한한 기억력은 이름이 아니라 그의 목소리만을 기억에 남겼다.

대학을 다니는 사 년 동안 나는 강의실보다 거리에서 더 많은 시간을 보냈다. 정의만이 세상 전부인 것처럼 삶의 모든 것에 대해 투쟁 정신으로 일관했다. '정의는 반드시 승리한다.'가 삶의 좌우명이 된 지는 오래전이었다.

어느 사이 나는 선배의 말을 잊어버리고 있었다. 삶 역시 화강암을 정으로 쪼아 작품을 만들 듯 이뤄 나가야 하는데 내게는 인내보다 추진력이 앞장을 서곤 했다. 내게 프러포즈를 하던 선배에게 낭만적 놀이를 할 시간이 없다며 야유를 보낸 것도, 결혼은 사치라고 살아 있는 동안 한 발자국도 투쟁을 양보할 수 없다고 말한 것도 그 때문이었다. 그리고 나는 선배를 잊어야 했다.

그를 다시 만난 것은 그때였다. 내가 신문사에 들어가 문화부 기자 3년 차일 때였다. 5·18광주사태가 5·18민중항쟁으로 명칭이 바뀌고 민주화운동을 했던 사람들에게 국가유공자 카드가 지급되던 해였다. 신문사에서는 5·18민중항쟁 유공자들을 인터뷰 형식으로 채록해 사회면에 연재하고 있었고 나와 또 다른 동료 기자는 그 일을 하던 중이었다. 그때 그는 동료 기자와 인터뷰를 했고, 한낮의 무더위에 지친 나는 그가 가지고 있는 민주화운동 자료를 촬영하거나 중요한 부분은 옮겨 쓰고 있었다. 하지만 그가 유정여인숙에서 함께 밤을 보낸 사람이라는 것은 기억해 내지 못했다. 단지 낯선 느낌이 들지 않았던 것과 어디선가 만난 것 같았지만 그마저도 난 묻지 않았다.

당시 그는 꽤 잘 나가는 인사가 되어 있었다. 대도시에서 트라우마 센터를 운영하는 동시에 민주화운동단체의 회장직을 겸하는 인사는 그밖에 없었다. 국가에서 지원되는 보조금 외에도 각종 국책사업에 연줄을 대고 막대한 자금을 운용하고 있었다.

인터뷰를 진행하는 내내 나는 그를 스무 살 무렵 함께 대열을 이뤄 달렸던 지난날의 동지 정도로만 생각했다. 유정여인숙 같은 건 꿈에도 생각하지 못했다. 사창가 뒷골목의 낡고 허름한 여인숙에서 함께 밤을 보낸 남자라고는 상상조차 할 수 없을 정도로 그는 달라져 있었기 때문이다.

그에게는 자유 비슷한 자유를 감언이설로 속삭이는 군부의 독재자 같은 느낌도 살짝 났다. 민주화운동단체의 회장이라는 데도 이 느낌을 나는 끝내 지우지 못했다. 학생운동을 등에 업고 고리대금 사업을 하고 있는 느낌. 과거의 학생운동 경력이 가장 빛나는 장신구 같은 느낌. 잘 단련되어 반짝 윤기까지 도는 팔뚝과 꽤 무게가 나갈 것 같은 금팔찌와 금목걸이를 보는 순간 그 생각은 더해졌다. 자본이 좌지우지하는 세상에서 살고 있고 그때와는 다른 사회적 여건들로 어떻게 행동해야 더 잘 먹고 잘살 수 있는지 알고 있는 세상 속의 한 사람처럼 여겨졌다. 그리고 그것을 나무라고 싶지도 않았다. 한 번 보고 말 흔하디흔한 사람이었고 기껏해야 5월이 되면 티브이 안에서 트라우마 센터를 경영하는 민주인사로 잠깐 비춰질 테니까. 자유를 외치던 사람도 자본주의 안에서는 시간의 흐름과 현재의 위치에 따라 변질될 수밖에 없다고 혼자 단정해 버렸다.

돌이켜 보건대 그것은 어디까지 내 느낌이었다. 나는 그가 그인지 끝내 알지 못했다. 얼굴은커녕 이름도 기억하지 못했고 인터뷰도 직접 하지 않았던 내게 그는 그렇게 느낌으로만 남았다.

내가 과거의 기억 속을 다녀오는 어느 사이 그의 일행이 흩어졌다. 일부는 아래층 카페로 내려가고 또 일부는 화장실로 들어갔다. 그들은 길어야 이삼 분이면 다시 카페에서 마주할 것인데도 인사들을 꽤 요란하게 했다.

"먼저 내려가서 있을게. 빨리 갔다 와."

"어, 빨리 갔다 올게. 먼저 가 있어."

그 가운데서도 그의 목소리는 유난히 귀에 쏙쏙 들어왔다. 빨리 갔다 올게. 먼저 가 있어. 얼굴이나 이름은 기억나지 않고 목소리만 기억에 남은 그는 화장실을 향해 몸을 반쯤 돌리면서 말했다. 화장실 앞이 한산해지자 계단을 하나 오르던 나는 다시 걸음을 멈추고 그의 뒷모습을 바라보았다. 이름이 떠오르지 않기는 마찬가지였다.

그때 하나의 생각이, 헤어질 때 손을 내밀며 말하던 그의 이름을 떠올리려 안간힘을 쓰는 내 뒤통수를 기습적으로 때렸다. 어쩌면, 동료 기자가 인터뷰했던 사람과 그가 동일인이라는 게 맞을지도 모른다는 것이었다. 그마저 십여 년 전의 일이어서 정확하게 말할 수는 없지만, 동료 기자가 찍은 사진과 그의 모습이 비슷하다는 데 불현듯 생각이 미친 거였다. 그 생각이 들자마자 머릿속에서는 기억과 추리의 재편집이 일사불란하게 이루어졌다. 그 순간 요의는 어디론가 사라져 버렸다.

나는 여전히 계단 중간에 서서 그가 들어간 화장실을 골똘하게 바라보았다. 내가 목소리만 기억하는 사람이라고 해서 최근의 일까지 까맣게 잊어버린다는 말은 아니다. 짧지 않은 기자 생활을 하는 동안 기억력도 꽤 늘어났다. 그것은 삶의 필요성으로 훈련된 기억력이었다. 동료 기자가 인터뷰한 사람과 화장실 앞에 있었던 그는 같은 얼굴을 갖고 있고 화장실 앞에 있었던 목소리는 오래전 유정여인숙에서 함께 밤을 보낸 사람의 것과 같은 목소리라는 것을 말이다.

　나는 한숨을 쉬며 고개를 젓고 계단을 올랐다. 그제야 내가 화장실에 가는 길이었다는 것과 참을 수 없는 요의가 다시 느껴졌다. 그때까지도 남자 화장실 입구는 조용했다. 나는 진저리를 치며 남자 화장실 입구를 잠깐 바라보고 여자 화장실로 들어갔다.

　뜻밖에 나는 화장실 앞에서 그와 마주쳤다. 그는 함께 화장실에 들어갔던 일행들과 거리를 두고 나오는 길이었고 나는 미처 마르지 않은 손의 물방울을 털며 나오는 중이었다. 나는 옆으로 비켜 가려는 그를 동시에 비키려다 다시 부딪히고 다시 비키려다 그와 눈이 또 마주쳤다. 그리고 마침내 그가 걸음을 멈추었다. 그를 확인하고 싶다면 기회는 걸음을 멈춘 때뿐이었다. 나는 잠깐 마른 침을 삼켰다. 목소리에 대한 기억력은 나를 아는 사람이라면 모두 인정하는 것이지만 삼십 년 만에 다시 듣는 목소리였다. 삼십 년이라는 시간은 기억의 착오를 얼마든지 유발시킬 수도 있는 시간이었다. 일단 나는 내 기억이 맞는지 확인을 해보기로 했다.

　"……. 혹시, H거리 뒷골목에 있는 유정여인숙을 아세요?"

그는 다시 나를 비켜 가려다 의아한 눈으로 나를 바라보았다. 은빛 테 안경 속의 두 눈이 의문 부호로 가득했다.

"유정여인숙……이라니요?"

물론 지금 H거리 뒷골목에 유정여인숙 같은 건 없다. 유정여인숙은 이미 오래전에 재개발이라는 이름으로 사라졌다. 언제 사라졌는지 모르게 사라져 버린 자리에는 세계의 모든 음식을 맛볼 수 있는 최신식의 전문 레스토랑 건물과 보세 옷들을 취급하는 로드숍들이 들어서 있었다. 유정여인숙이 아직도 있다면 도심의 오래되고 낡은 건물 때문에 주목을 받았을 것이고 그가 의문에 가득 찬 눈으로 반문하는 일도 없을 터였다. 삼십 년 전 그때 그가 유정여인숙의 간판을 보지 않았다면 그가 그 여인숙을 기억하지 못하는 것도 당연한 일일 것이었다.

"그럼 혹시 가죽가방은 아시겠어요?"

문득 자신이 참으로 한심하게 느껴졌다. 목소리의 주인을 확인해서 뭘 어떻게 하자는 것도 없었다. 그날 우연히 함께 같은 공간에서 밤을 지새운 것이 전부였던 그와 나였다. 단지 그 하나의 사실이 삼십 년의 시간을 훌쩍 뛰어넘어 스무 살 때의 공감대가 다시 형성될 수도 없는 노릇이었다. 스무 살이었을 때는 함께 분노할 줄 알았고 함께 싸울 줄 알았다. 함께 대열을 이룰 줄도 알았다. 하지만 지금은 대열이 이뤄지지 않는 시대였다. 화강암을 정으로 쪼아 작품을 만들 듯 무언가를 이뤄 가겠다는 열정이 희미한 그런 시대가 되었는데, 스무 살은 아득한 과거가 되었는데, 뭘 어쩌자는 생각도 없이 그날의 목소리 주인을 확인하려는 내 자신이 참을 수가 없어졌다. 나는 얼굴이 뜨거워지는 것을 느꼈다. 갑자기 담배 생각도 간절해졌다.

"제가 기억하는 목소리와 너무 비슷해서요.. 목소리요…."

그런 나를 그는 잠시 빤히 쳐다보았다. 그리고 지극히 사무적인 어투로 조용하게 말했다.

"저는 기억을 잘못합니다. 백골단을 피해 어딘가로 숨었던 기억은 너무나 자주여서 어딘지 알 수도 없고 유정여인숙은 더더군다나 기억에 없군요. 또 누군가와 한 공간에서 밤을 지새웠다는 것은 전혀 기억에 없습니다."

순간 나는 그의 눈을 바라보았다. 기억한다는 대답을 기대한 것도 아니었지만 그의 얼굴 피부가 과거 어떤 일이라도 지금껏 쌓아 올린 이력에는 아무 영향도 미치지 않을 것이라고 여길 만큼 단단해 보인다는 생각이 들었다. 나는 더 이상 아무런 말도 하지 못했다.

말을 마친 그는 계단을 내려갔다. 내 귀에는 삼십 년 전의 그 목소리와 방금 전의 목소리가 같은 파장으로 울리고 있는데 그는 모르겠다는 말을 남기고 일행에게로 돌아갔다. 나는 단단한 그의 뒷모습이 카페 안으로 사라질 때까지 붙박인 자리에서 움직이지 못했다.

결국, 나는 커피도 제대로 마시지 못했고 담배도 제대로 피우지 못했다. 평소에는 그토록 달게 마시던 커피와 달게 피웠던 담배가 아무 맛도 느껴지지 않았다. 한 잔의 커피와 한 개비의 담배로도 풀리고 남았을 피로가 더욱더 전신을 누르는 기분이었다. 그냥 지나칠 걸 그랬다는 후회와 이미 예상했던 자괴감이 피로를 한층 더 가중하고 있었다.

하필 아침에 30년 전의 가죽가방을 메고 나온 것도 한심하게 느껴졌다. 대학교 2학년 여름 무렵에 난 시위 현장용으로 튼튼한 어깨끈이

달린 가죽가방을 만들었다. 가방 안에 돌을 가득 넣고 다니던 나는 시위 현장에서 이름 대신 가죽가방으로 통용이 됐고 나를 알지 못한 이들마저도 가죽가방! 하면 아! 하고 아는 체를 했을 정도로 가죽가방과 나는 한 몸이 되었다. 10번이 넘는 이사와 나이를 먹어 가는 동안에도 나는 가죽가방을 버리지 못했다. 창고에 처박혀 있던 가죽가방이 일 년에 한 번 햇빛을 보는 날이 있었는데 며칠 전이 바로 그날이었다. 장마를 앞두고 가죽 제품을 꺼내놓고 왁스 칠을 하는데 대학 시절의 가죽가방이 눈에 보였고 30년 전의 시간이 하나둘씩 기억이 났다. 팽팽한 긴장감이 그립기도 했고 가죽가방이 기억하고 있는 시위 현장들이 몇 군데나 되었을까 하는 쓸데없는 생각도 들었다. 군데군데 세월의 흔적으로 희끗해지고 낡아 느슨해진 가죽가방을 메고 나온 건 팽팽하게 내달렸던 지난 기억을 떨구지 못해서였다.

결국, 나는 담배 두 개비를 다 피우지 못하고 카페를 나왔다. 가죽가방 안에 담배와 라이터를 집어넣다가 돌멩이가 오래전 그 모습 그대로 있는 것 같아 오소소 소름이 돋았다. 빨리 집에 들어가서 샤워를 한 다음 시원한 캔 맥주를 하나 마시고 싶다는 생각뿐이었다. 삼십 년 전의 목소리 같은 건 잊어버리고 싶었다. 이미 스무 살의 세상은 지나갔으니까. 학생운동의 경력이 빛나는 훈장처럼 여겨지는 시대니까. 나는 반쯤 남은 담배를 차창 밖으로 내던지고 천천히 주차장을 빠져나갔다. 카페 건물을 오른쪽으로 돌아 골목으로 들어서 두 블록쯤 달리면 나오는 큰 길이 집으로 가는 길이었다.

언짢은 기분을 털어 버리기 위해 심호흡을 하고 주차장에서 나와 자동차 두 대가 겨우 비켜 갈 수 있는 골목으로 막 들어섰을 때였다. 카페 건물이 끝나는 지점 맞은편에 은행나무 한 그루가 있는데 그 나무 옆에 서 있는 그가 보였다. 내 차의 불빛이 강렬하기도 했고, 목소리에 대한 기억력이 자신 없어지기도 했고, 확실하다고 할 수는 없었지만 틀림없이 화장실 앞에서 만난 그였다. 그는 일행을 카페 안에 남겨 뒀는지 혼자였다. 그의 모습을 본 순간 오래전 선배가 했던 말이 떠올랐다. 선배가 말하길, 돌을 조각하는 것은 정으로 긴 시간을 쪼아 작품을 만드는 것이라고 했다. 잘못 쪼아진 돌을 원 상태로 돌리는 건 차라리 폐기 처분하는 것이 시간을 절약하는 방법이라는 그의 말과 그러므로 처음부터 천천히 첫 마음을 잃지 않고 온 마음을 다해 돌을 바라보며 정을 쪼아야 한다는 말이 생각이 났다. 그의 모습이 그렇게 잘못 다듬은 조각 같았다. 나는 두 눈을 부릅뜨고 골목에 서 있는 그를 노려보았다.

　나는 차를 세우고 다시 그에게 묻고 싶었다. 하지만 또 그렇게 해서 뭘 어쩌겠다는 것인지가 생각이 나지 않았다. 나는 그의 앞에서 잠시 브레이크 페달을 밟았다가 다시 가속 페달로 오른발을 옮겼다. 가죽가방 속으로 넣은 오른손에는 차에 오르기 전 주차장에서 주운 작은 돌 하나가 만져졌다. 속도계 바늘은 10Km/h 이하로 떨어지다가 금세 50Km/h를 훌쩍 넘어섰다.

뫼비우스의 띠

모닝 커피였다. 시립미술관 게시판에 새로운 공고가 붙었다. 작업복을 갈아입은 우리들은 초겨울의 휴게실 앞에 모여 게시판을 바라보며 자판기 커피를 마셨다.

학예과장님 모친 4일 새벽 별세. 발인 6일 한가동 나라장례
식장.

이렇게 짧은 문구가 들어 있는 A4용지는 나일론이 섞인 상복처럼 보였다. 시립미술관 학예과장의 어머니는 팔십구 세의 나이로 사흘 정도 병원에 누워 있다 새벽 4시에 운명했다고 했다. 나는 학예과장과 같은 아파트에 산다는 최 작가의 이야기를 듣고 같은 삼일장이라도 꼬박 사흘이 걸리는 지루한 장례식이 되겠다는 생각을 했다.

장례식장에는 발인 전날 가기로 했다. 이것은 미술협회부회장이자 조각가인 김 작가의 제안이었다. 큰어머니의 일흔 번째 생일이기

때문에 김 작가는 저녁 식사에 참석해야 했다. 김 작가의 말이 끝나기 무섭게 같은 장르의 서 작가와 서양화 분과의 박 작가도 약속이 있다고 했고 시립미술관에서 한 달째 초대전시를 하고 있는 최 작가는 어머니 기일이라며 빈 종이컵을 구겼다. 나는 가게 문을 닫고 대학 선후배 모임에 간다는 아내를 기다릴 일밖에 없었지만 대부분의 동료들처럼 김 작가의 말에 고개를 끄떡였다. 그러지 뭐. 우리들의 아침 잡담은 여기까지였다.

지난여름, 시립미술관 벽화 작업을 시작한 이후부터 우리는 모두가 아는 일이나 그저 그런 화제가 아니면 이야기를 나누지 않았다. 더이상 할 이야기가 없는 나와 다른 작가들은 작업을 시작할 시간이 되자 각자의 자리로 흩어졌다. 제자리로 간 최 작가는 5·18이라는 숫자가 선명한 버스가 그려진 벽을 들여다보았고, 박 작가는 횃불을 들고 있는 군중들의 팔목과 손을 핏줄이 보이도록 섬세하게 그리기 시작했고, 서 작가는 하늘의 구름에 표정을 넣어야 한다며 고민 중이었고, 나는 횃불 중앙의 노랗고 푸른 불꽃을 붓을 든 채 바라보고 있었다.

붉은 페인트가 코팅된 면장갑을 끼고 푸른 불빛의 횃불을 어떻게 강렬하게 표현할까 고민하고 있는데 뒤늦게 자리로 돌아가던 스케치 팀의 최 작가와 미술협회부회장이며 총감독을 맡은 김 작가가 나를 흘깃 쳐다보며 지나갔다. 미술관벽화조성작가공모에서 1차로 선정된 작가들이 이미 끝을 냈던 스케치를 2차 공모로 선정된 작가들로 다시 시행한다는 결정 발표가 난 후에 왜 처음부터 다시 시작해야 하는지 이유를 알 수 없는 우리로서는 온갖 이야기들 속에서 이야기를 꿰

맞추느라 서로를 끊임없이 탐색하는 일이 일상처럼 되어 있었다. 더군다나 나는 처음부터 합류하지 않았고 재작업 과정인 2차 공모 선정으로 투입되었기에 이미 있었던 이야기와 그동안의 진행 과정들을 알수도 없었다. 나는 푸른 불꽃을 들여다보다 말고 바지 주머니에 두 손을 쿡 찌른 채 이마를 맞대고 가는 두 사람의 뒷모습을 물끄러미 바라보았다. 최 작가와 김 작가가 나를 주목할 만한 일이 있을까 생각해봤지만 아무것도 떠오르지 않았다.

최 작가와 김 작가의 눈빛은 이상하게 좀처럼 뇌리에서 지워지지않았다. 왠지 불쾌한 여운이 오래도록 끈적끈적하게 배어나는 그들의눈빛이었다. 그런 최 작가와 김 작가의 눈빛은 나라장례식장에 가기전까지 계속 떠올랐고 나는 두 사람의 눈빛을 생각하느라 안경을 떨어뜨린 것도 모자라 밟기까지 했다.

안경은 테와 다리의 이음새가 부러졌다. 안경을 쓰지 않으면 활자를 읽을 수 없는 것은 둘째치고 이상하게 자꾸 눈물이 났다. 나는 나라장례식장에 가기 전 안경점부터 들르기로 했다. 안경점은 시립미술관에서 5분 정도 걸리는 곳에 있었다. 하지만 나는 약속 시간 안에 나라장례식장에 도착하지 못했다. 러시아워였고 추돌사고까지 생기는바람에 안경점까지 가는 데만 해도 20분이 넘게 걸려 버렸다.

내가 안경을 맞춰 쓰고 장례식장에 도착했을 때는 빈자리가 거의보이지 않았다. 두 개씩 붙여놓은 상 앞에 한 자리씩 차지한 작가들은 밥을 먹거나 술을 마시고 있었다. 조문을 오지 않은 작가들은 거의없는 것 같았다. 혹 보이지 않는 작가들이 있다면 그들은 이미 조문을 마치고 돌아갔을 터였다. 내가 구두를 벗고 들어서자 술을 마시거나 밥을 먹고 있던 여러 장르의 작가들의 눈이 잠깐씩 나에게 향했다. 나는 하루 종일 함께 일했던 작가들과 인사를 나누며 서 작가와 박 작가를 찾았다. 서 작가와 박 작가는 냉장고 앞에서 소주를 마시고 있었다.

"왜 이렇게 늦었어?"

자리에 앉자마자 서 작가와 박 작가가 동시에 물었다. 도우미 아줌마가 내 앞에 일회용 플라스틱 그릇에 담긴 밥과 김치콩나물국을 갖다놓았다. 젓가락만 나무로 만든 젓가락일 뿐 숟가락 역시 플라스틱이었다. 나는 숟가락을 들기 전에 서 작가가 따라 주는 술을 받았다.

"길이 좀 복잡해야지. 거기다 좌회전하는 내 차를 우회전하던 택시가 들이받기까지 했거든."

나도 서 작가와 박 작가의 잔에 소주를 따라 주었다. 서 작가와 박 작가는 잔을 내려놓고 눈을 빛냈다.

"그럼, 차가 좀 부서졌겠는데? 요즘도 작품 배달하지 않나?"

사고차량은 오래된 연식의 차를 처분하고 새로 구입한 중형차였다. 올해 들어서 갑작스레, 이렇게밖에 표현할 길이 없다. 내 작품이 팔리기 시작하면서 내 차 안에는 배달할 작품들이 실려 있었다. 아마도 서 작가와 박 작가는 사람인 나보다는 작품 손상이 더 마음이 쓰이는 것 같았다. 고마울 따름이었다.

내가 오기 전까지 구석 자리에서 무료하게 술을 마시고 있던 서 작가와 박 작가는 내가 물고 온 이야깃거리가 반갑다는 얼굴이었다. 배가 고팠던 나는 사고 난 장면을 이야기하며 김치콩나물국에 밥을 말아 먹었다. 뻘건 배추김치와 돼지고기 수육, 홍어회와 몇 가지 전, 그리고 꽈리고추 멸치볶음과 두어 가지 나물 등. 일회용 그릇에 담긴 음식들은 모든 장례식장의 공통된 메뉴였다. 어느 장례식장이나 음식반입을 금지하고 있었고 공장에서 찍어 낸 것처럼 맛이 비슷비슷했다.

며칠 전 비슷한 맛의 음식을 먹고 있을 때 들었던 말이 떠올랐다. 왜, 자네 그림만 잘 팔리는 거지? 요즘은 아예 주문도 들어온다며? 최 작가의 말이었다. 그 말을 들으며 최 작가의 그림들을 생각했다. 십여 개의 이젤을 세워 두고 똑같은 크기의 캔버스에 이미 스케치된 네모를 따라 똑같은 색상의 물감으로 이젤을 옮겨 가며 색칠을 해 가던 모습을. 장례식장 어디를 가나 비슷한 음식의 맛처럼 최 작가의 그림은 색다른 그 무엇도 보이지 않았다. 누구라도 이제는 식상할 때가 되었다는 이야기이다. 하지만 최 작가는 지역 미술인이면 누구나 희망하는 중견작가초대전을 시립미술관에서 한 달째 하고 있었다.

국에 만 밥을 먹는 동안 안경에 자꾸 김이 서렸다. 서 작가와 박 작가는 이제 그동안 자신들이 본 사고 장면을 이야기하느라 여념이 없었다. 나는 두 사람의 이야기를 들으며 안경에 서린 김을 닦았다. 서 작가는 며칠 전 시내에서 역주행하던 여자가 정상 주행하던 차들을 피하다 가로등을 들이받은 이야기를 했다. 서 작가의 이야기가 끝나자 박 작가는 나와 서 작가의 잔에 술을 따라 주었다.

"참, 다들 밤샐 거야?"

"내일 벽화 작업도 제 시간에 시작해야겠지?"

나는 박 작가가 따라 준 술을 단숨에 마셨다. 벽화를 그리느라 페인트에 끈적거리던 목구멍이 불이 붙은 것처럼 후끈했다. 집에 가도 티브이를 보다 잠이 드는 것 말고는 딱히 할 일이 없긴 했다. 벽화 작업을 시작하면서 몸이 피곤해 내 작업을 할 시간도 없었다. 주말에 잠깐 집중이라도 하려 하면 아내는 일주일의 피곤을 한꺼번에 몰아서 잠을 잤고 아이들이 북적거려 수선스럽기만 했다. 하지만 나 혼자 밤샘을 할 수는 없는 노릇이었다. 나는 대답 대신 서 작가를 바라보았다. 박 작가는 돼지고기와 홍어에 김치를 얹어 입에 넣으며 서 작가와 내 잔에 술을 따랐다.

"이런 기회야말로 학예과장한테 확실하게 눈도장을 찍을 수 있는 기회 아니겠어?"

서 작가는 술잔을 만지작거리며 고개를 끄떡였다.

"그렇겠지?"

박 작가의 말에 고개를 끄떡이며 나는 이십여 평 넓이의 실내를 다시 한 번 돌아보았다. 자리를 뜨는 작가는 몇 안 되는 것 같았다. 다른 작가들의 아버지나 어머니의 장례식이었다면 자리를 지키는 작가들은 겨우 한 손으로 꼽을 정도였을 것이고 그나마 친하게 지내는 선후배나 친구 몇 명이 전부일 터였다. 얼마 전 판화분과의 이 작가의 아버지가 세상을 떠났을 때는 때를 맞춰 조문을 간 작가들이 밥을 먹자마자 모두 자리에서 일어서기도 했다. 이는 시립미술관 외벽 전체를 에둘러 지역을 대표하는 역사를 상징적으로 형상화해 지역의 명소로 지정하자는 이야기가 있고 난 후부터 생겨난 현상이었다. 이처럼 거의 모든 동료들이 자리를 지키기는 학예과장의 어머니가 처음이었다. 나는 딱딱하고 무거운 접빈실 공기가 시큼하고도 비릿하게 느껴졌다. 그것은 시취였다.

밥을 먹고 난 나에게 또다시 몇 순배의 술이 돌아왔다. 소주를 단숨에 들이켠 뒤 휴대폰을 꺼내는데 학예과장이 키가 작고 비쩍 마른 남자를 배웅하러 나갔다. 아마도 특별한 조문객인 모양이었다. 검은 양복이 피부처럼 달라붙어 보이는 게 예술인 같지 않았다. 나는 머리가 크고 허리가 긴 학예과장의 뒷모습을 바라보며 아내에게 전화를 걸었다. 밤샘을 해야 할 것 같으니 먼저 자라는 전화에 아내는 술을 조금만 마시라고 말하고 자신도 가게 문을 곧 닫을 거라는 말과 함께 전화를 끊었다. 서 작가가 스마트폰의 화면에 떠 있는 아내와 아이들의 사진을 바라보는 나를 빤히 쳐다보았다. 내가 왜? 하고 묻는 눈으로 바라보자 서 작가는 갑자기 소주병을 내밀었다.

"한잔해. 술이나 마시면서 밤샘해야지 뭐 하면서 밤샘을 하겠어?"

"뭐, 누구처럼 작품이나 잘 팔리면 밤새 술 안 먹어도 배부르지."

서 작가의 술잔은 박 작가가 채웠고 시간은 벌써 10시였다.

"술로 밤을 샐 수는 없고 어지간해졌으면 한판 하는 게 어때?"

나는 동태전 한 조각을 입에 넣으며 고개를 끄떡였다.

"아무래도 초상 마당은 판도 벌어지고 왁자한 게 좋지."

마침 내 등 뒤에 앉아 있던 스케치 팀의 작가들이 자리에서 일어섰다. 나와 서 작가는 등 뒤의 상을 밀어 자리를 만들었고 박 작가는 장례식장 지하 편의점에서 화투 방석과 화투를 사 왔다. 서 작가와 박 작가와 내가 초록색 화투 방석 주위에 둘러앉자 작가들의 눈이 우리에게 향했고, 일어섰던 최 작가와 김 작가도 판에 끼어들었다. 또다시 최 작가와 김 작가의 눈빛이 떠올랐지만 두 사람은 무심한 눈으로 패를 기다리고 있을 뿐이었다. 최 작가와 김 작가의 가세로 판이 커지자 다른 동료들도 화투 방석을 사 왔다. 화투판은 모두 네 개가 벌어졌다. 여기저기 판이 벌어지자 왁자한 소리가 실내를 가득 메웠다. 그와 동시에 조금 전까지 식어 버린 소기름처럼 단단하던 공기가 부드럽게 풀어져 실내를 흘러 다니기 시작했다.

이렇게 미술협회 식구들이 한 자리에 모여 웃고 떠들기는 정말 오랜만이었다. 미술관 외벽 벽화 작업 조성 안이 먼지처럼 분분하게 떠다니면서 작가들은 서로가 서로에게 자신의 속내를 함부로 털어놓으려 들지 않았다. 어쩌다 길에서 마주쳐도 눈인사로 헤어질 뿐 함께 몰려다니지도 않았고 시립미술관이나 갤러리의 오픈식에서도 밥만 먹고 내빼기 일쑤였다. 자연스레 예술인이 자주 드나들던 업소들도 타격이 컸다.

미술관에서 벽화 작업을 한다는 이야기가 들린 것은 여름이 시작될 무렵이었다. 나와 작가들은 미술관에서 직접 시행하는 벽화이며 작가들을 공모 선정한다는 낯선 낱말을 정문 옆 게시판에서 처음 보았고 학예과장의 입을 통해서 들었다. 모두들 처음에는 그 말이 청년 작가들 우선으로 아르바이트라는 형식을 띤 생활보조금인 줄 알았다. 필요 이상의 많은 작가들을 공모 선정한다는 말이라는 것은 학예과장의 설명이 있고 나서야 알 수 있었다. 나나 다른 작가들은 학예과장의 설명을 듣고 난 뒤에도 작가들을 친 미술관 작가들과 반 미술관 작가들로 정리한다는 뜻으로 받아들이지 못했다. 그만큼 그 말은 충격적이었다.

공모 선정이라는 말을 처음 들은 날 나와 동료 작가들은 아내의 식당에 앉아 술을 마시며 하루 종일 시립미술관장을 욕했다. 대학을 갓 졸업한 작가들은 적게는 삼사년, 길게는 몇십 년 된 전업 작가인 우리는 공모선정이라는 현실 앞에서 처음으로 시립미술관장을 죽일 놈이라고 했다. 저놈은 모든 작가들이 돌아가면서 한 대씩 두들겨 패 줘야 해. 공모 선정이라니, 이게 말이 되는 소리야?

새로운 시립미술관장이 전업 작가였던 만큼 누구보다도 작가들의 속내를 잘 알 거라고 믿었기에 친 미술관 작가들과 반 미술관 작가들로 편을 가르는 미술관 측의 공모 선정이라는 공고를 우리는 쉽게 받아들이지 못했다. 그동안 우리 작가들은 이 지역에서 자신의 작업을 명예와 자존감 한 가지로 공고히 해 왔다. 지역 어디를 가도 우리들의 그림들이 빼곡하게 걸려 있었다. 무심코 들어간 식당의 벽에, 돈을 세고 있는 근엄한 은행장의 등 뒤 벽에, 도서관의 서가에 꽂혀져 있는 책처럼 어딘가에 걸려서 사람들을 만나고 있었다.

도로에 나가보면 열 대 가운데 서너 대의 버스는 우리들의 그림들을 래핑한 채 달리고 있었다. 외제차를 빼고도 승객들이 많이 이용하는 노선일수록 사람들의 호응도는 높았고 지속적으로 넓혀가 운행 중인 버스 전체로 확대한다는 시립미술관 관장의 말을 우리는 믿었다. 그리고 아! 그림이 밥이 되는 시대가 왔구나, 하는 생각이 들어서 행복했다. 이제는 그림만 가지고도 세상을 살아갈 수 있겠다고, 직선으로 잘 돌아갈 수 있다고 우리는 판단했던 거였다.

"우리 예술인들에게 이 땅은 너무 좁아요."

나는 패를 돌리며 티브이에 나와서 이렇게 큰소리를 치던 시립미술관 관장을 떠올렸다. 나와 동료 작가들은 이 땅이 좁다고 큰소리치던 관장을 너무 믿었다. 그가 두 손을 든 것은 취임한 지 채 일 년도 되지 않아서였다. 친 미술관 작가들과 반 미술관 작가들을 분리해 블랙리스트를 만들고 있다는 말이 돌 때 설마 했던 우리는 관장이 입원한 병실 문을 티브이를 통해 보면서 할 말을 잃었다. 성실한 작가라는 표상을 걸고 가리지 않고 작가들을 집어삼킬 때부터 알아봤다는 말은 어디까지나 결과론이었다. 관장이 장르를 막론하고 작가들을 만나고 술을 사고 밤이면 여성 작가들과 단란주점과 노래방을 드나든다는 소문이 돈 것은 관장이 되기도 전인 삼사년 전부터였다. 공룡처럼 몸집을 부풀린 관장은 얼마 전에 폴란드와 헝가리에 해외 레지던스 공간도 지었다. 그때까지만 해도 모두는 그토록 빠른 시간 안에 눈부신 성장을 하는 관장에게 경의를 금치 못했다. 우리는 때가 되면 근사한 레지던스 공간에 입주해 그곳의 풍광과 기억을 캔버스 안에 담을 수 있을 것이라 믿었다. 하지만 두 레지던스 공간은 동유럽의 미술시장까지 연계해 나가기에는 작가들이 해내야 할 자격요건들이 너무 창대해 감히 꿈꿀 수도 없게 되었다. 오가는 경비와 공간 제공을 제외하고 그 나라 언어는 필수였으며, 그곳에서와 남겨진 식솔들의 생활비까지 감내해야 했다. 작가들은 미술관에서 요구하는 스펙을 쌓기에 시간과 돈이 필요했고 밤 문화와 뇌물은 당연한 숙제였다. 레지던스는 실력 있는 작가들의 지지를 기다릴 여력이 없었다. 결국 폴란드와 헝가리에 레지던스를 지어 개관한 지 얼마 되지 않아 관장은 일 년에 작가 세 명을 보내는 것으로 우회 선언을 했고 관장의 우회 선언은 정해진 수순이었다.

　나와 동료 작가들은 티브이를 통해 미술관에서 벽화 작업을 하게 된 경위를 들었다. 쌍꺼풀이 없고 입술이 두터운 기자는 신나는 표정으로 마이크를 잡고 있었고 이 지역의 민주화운동이란 역사성 하나로 눈부신 벽화 작업을 계획한 관장을 이 시대가 요구하는 참 예술을 향한 미술관 행정가라고 추앙했다. 티브이를 본 사람들은 모두 기자의 말에 고개를 끄떡였다. 명예욕이 죄를 낳는 법이지. 하나 마나 한 말이었다.

이때까지만 해도 나와 동료 작가들은 느긋했다. 레지던스의 비어 있는 공간은 또 누군가가 입주할 것이고 그동안에도 작가들은 계속 생산되고 응모를 할 것이기 때문이다. 레지던스 공간의 문을 닫아 버리기에는 이 지역 전체에 미치는 파장이 태풍보다 크다는 것을 모르는 사람은 없었다. 우리의 예상은 적중했고 관장이 집어 삼켰던 것들을 도로 토해 내고도 내놓을 것이 부족한 관장은 미술관 내의 학예과장에게 자신이 할 일을 넘겼고, 시에서는 미술협회장인 도 작가를 관장 직무대리로 임명하기에 이르렀다. 시립미술관 관장은 지역의 시장이 임명했고 내년이면 곧 치러질 지방선거와도 맞물려 있어 쉽게 무시할 수 없는 문제였기 때문이다. 게다가 이 지역의 미술협회에 등록된 회원은 3천 명이 살짝 넘었다. 우리들은 그저 뭔가의 협상이 있었을 것이라는 추측 아닌 추측만을 할 뿐이었다.

도제 교육으로 남도화단에서 잔뼈가 굵었다는 관장이 평생에 걸쳐 이룩한 예술 경지를 시립미술관장이 되자마자 쓰레기통에 던져 버린 것은 그다지 길지 않았다. 그동안 그려 왔던 그림의 작가 서명에 영어를 추가하는 것은 물론이고 지역을 넘어 세계를 향한 글로벌한 약진을 구현한다며 종횡무진 각 나라의 유명 미술관과 MOU를 체결했다. 관장의 추이를 바라보던 동료 작가들은 길어진 서명을 보는 순간 쓰디쓴 침을 억지로 삼켰다. 게다가 우리에게도 세계화를 외치며 작가 서명에 영어를 추가하자고 요구했고 이 의견은 미술협회 도 회장의 의견이자 결정이었다고 했다. 갑자기 글로벌하게 영어로만 서명을 하면 내수 시장이 등을 돌릴 거라는 게 도 회장의 주장이었다. 하지만 나는 그림의 바닥에 간신히 붙어 있는 내 이름의 한글 서명을 보면서 나라가 일제에 넘어갔을 때의 구한말을 떠올렸다. 매국노들이 팔아치운 나라에서 두려움에 떨다 독살 당한 고종 황제의 이야기를 나는 어렸을 때 역사 이야기를 좋아하는 외할아버지에게 들었다.

하지만 순식간에 미술관과 지역의 미술계를 장악한 미술관장을 향해 내부에서는 두려움에 떠는 왕도 없었고 독살 당한 왕을 위해 일어서는 의병도 없었다. 단지 미술관장이 공금 횡령으로 수의를 입었을 뿐이고 미술관장의 재임 기간 동안 시립미술관에 작품을 매도했던 작가들이 경찰에 불려가는 것으로 그 상황은 끝났을 뿐이다. 새로운 미술관장 대리로 온 미술협회 도 회장은 미술관에 입성하는 순간 그동안 누적되었던 미술관의 문제점을 분석했고, 불투명하고 방만한 작품 매입 과정과 무리한 해외 레지던스 공간의 확장이라는 진단을 내리는 것과 동시에 그에 대한 처방을 하겠다는 계획을 밝혔다. 그 처방은 다름 아닌 친 미술관 작가들과 반 미술관 작가들을 구별하여 블랙리스트를 암암리에 완성해 가는 일이었고 티브이에 나온 다음 날 우리는 게시판에서 벽화조성작가공모라는 생소하고도 낯선 낱말을 보게 되었다. 우리는 난생 처음 보는 말의 뜻을 몰라 동요하기 시작했다. 그런 우리에게 학예과장은 다음과 같이 말했다.

"제가 여러분을 지켜드리겠습니다. 맡은 작업만 성실하게 완성해 주십시오."

학예과장의 말을 액면 그대로 믿은 것은 아니었지만 일단 우리들 사이의 동요는 어느 정도 가라앉았다. 그것이 학예과장이 가진 위력이라는 사실을 나는 그때 깨달았다.

손님을 배웅하고 들어오던 학예과장이 이곳저곳의 판을 기웃거렸다.

"뭐 좀 들면서들 치지 그래."

학예과장이 패를 읽는 눈들이 예사롭지 않다는 것을 벌써 읽은 모양이었다. 몇 번 판이 돌아가자 돈을 잃은 작가들과 따는 작가들 사이에 웃음이 사라지고 있었다. 최 작가에게 열흘 치 수당을 잃은 박 작가는 여느 때처럼 학예과장을 보고 웃지 않았다. 예의상의 대답은 판을 휩쓸고 있는 최 작가 역시 마찬가지였다. 이런 분위기를 읽은 학예과장은 도우미 아줌마를 불렀고 붉은 김치를 곁들인 돼지고기와 홍어가 소주와 함께 나왔다.

"자자, 한 잔씩 들고 치라고."

학예과장은 술을 한 순배 돌리고 나서야 분향실로 들어갔다. 최 작가에게 받은 패를 내려놓고 술을 받은 나는 학예과장이 생김새와는 다르게 꽤 섬세하고 조심성이 많은 사람이라는 것을 다시 한 번 깨달았다.

이런 학예과장 덕분에 우리는 벽화조성작가공모에 대한 공고가 게시판에 나붙은 지 일주일이 넘도록 이 낯설고도 생소한 말의 위력을 알지 못했다. 이 말이 한 인간의 생사여탈을 쥐고 있는 말이라는 것은 작가들 몇 명이 1차 공모에 선정되었음에도 벽화 작업 과정에서 연기처럼 사라진 후에야 깨닫게 되었다. 오십을 바라보는 동료 작가와 미술관 행정에 불만이 많은 작가들 손에 들려진 계약 해지서를 본 우리는 서로의 얼굴만 멍하니 바라보았다.

그때 한 작가는 울면서 미술관을 떠났는데 떠나기 전에 한 말이 오래도록 내 귀에 쟁쟁하게 남았다.

"와이프 병원비가 한두 푼이 아닌데 난 이제 어떻게 해야 돼? 내가 쓰다 마모되면 버리는 한 자루 붓이야? 나는 이 지역에서 뼈가 다 녹아내리도록 그림을 그리고 전시했어."

사십 대 후반이던 동료 작가 와이프의 병명은 자궁경부암이었고 두 아이들은 모두 대학과 고등학교에 다니고 있다고 했다. 이 지역에서 뼈가 굵은 이 작가의 사정을 듣고 난 우리는 인정사정없는 학예과장의 처사에 항의했고 계약 해지를 당한 작가와 절친했던 작가는 지나친 스트레스로 병원에 입원까지 했다. 매일 서로의 얼굴을 보고 사는 시간이 진짜 가족보다 더 많은 우리는 이 작가가 계약 해지를 당하지 않았다면 내가 당했을지도 모르는 일이라고 생각했다. 얼굴을 보고 사는 시간이 많다고 해서 다 우리처럼 동료 작가들을 생각하는 것은 아닐 터였다. 우리는 끈끈한 테레빈으로 맺어진 사이였고 테레빈의 냄새는 피보다 더 진했다.

권한대행인 도 회장은 그러나 우리들의 거센 항의에 눈 하나 깜짝하지 않았다. 눈을 깜짝하기는커녕 필요 없다고 판단되는 작가들을 차례로 잘라 나갔다. 동시에 2차 벽화조성공모안을 게시했고 1차 공모가 있은 후 정확히 5개월 후 선정되었다. 있으나 마나 한 작가들을 골라내는 회장의 눈은 정확하고 빨랐다. 우리는 새 회장에게 벽화 작업 파업으로 맞서려 했지만 그럴 경우 도 회장은 벽화 작업을 아예 없애 버리겠다고 응수했다. 우리들은 도 회장의 눈 노릇을 누가 하는지 알 수 없었고 파업도 할 수 없었다. 그런 가운데 세 아이들과 늙은 어머니를 부양해야 하는 동료 작가 한 명이 벽화 작업 계약 해지가 되었고, 형의 빚보증을 섰다가 수천만 원이나 되는 형의 빚을 대신 갚게 된 작가 역시 계약 해지가 되었다. 그것은 말 그대로 목을 자르는 행위였고 도 회장이 작가들을 계약 해지 하는 데는 일정한 기준이 있어 보였다. 무엇보다 미술관의 보이지 않은 귀에게 불평불만 사례가 접수되면 그것은 1차적인 계약 해지 사유가 되는 것 같았다. 동료 작가들과 사이가 좋지 않은 작가도 해지 대상이 되었고 사생활에 문제가 있는 작가도 해지될 수 있다고 했다. 개인적인 문제가 많으면 타워크레인을 타고 벽화 작업 채색을 하는 데 집중하기 어렵다는 것이 이유였다.

사실 벽화는 단순한 작업이었다. 언젠가 시골 미술관의 외벽에 벽화 작업을 한 적이 있는데 그 미술관은 수해를 입었었고 미술관 내외부의 모든 것을 뜯어내고 미술품을 옮기고 나니 수수깡으로 만들어놓은 안경처럼 허무한 모습만 남았다. 그것이 미술관이란 명칭을 가진 시멘트 구조물이었을 뿐이고 몇 가지 공간배치의 명칭과 기능의 효용 방법을 익히면 어려울 게 없었다. 물에 잠겼던 부분은 시간이 지나면 햇빛에 자연스런 건조를 마칠 것이고 우리는 때를 기다려 미술관의 외벽에 그들의 요구대로 벽화 작업을 하면 되었다. 그건 어디까지나 페인팅으로 모든 것을 해내는 작업을 하는 작가들에게 어쨌든 사생활 때문에 실수를 할 만큼 복잡한 작업은 아니었다. 더군다나 벽화 작업은 자신의 영혼을 새길 만큼의 심오함과 고민을 요구하지도 않았다.

도 회장이 이처럼 완고하게 나오자 우리는 적잖이 당황하기 시작했다. 그제야 우리 모두는 어떻게 해야 이 지역에서 살아남을 수 있을 것인지 고민하기 시작했고 그런 우리에게 그동안 계약 해지 당했던 사례들이 떠올랐다. 우리는 그 사례들을 꼼꼼하게 분석했고 어떤 작가들이 해지를 당했는지 따져 보았다.

그런 우리들의 얼굴에서는 표정이 사라졌다. 먼저 계약 해지 된 친구 때문에 병원에 입원까지 했던 작가는 동료 작가들이 차례로 계약 해지를 당해 나가도 얼굴색 하나 변하지 않았다. 자판기 커피가 다 식도록 떠나는 동료 작가들을 침울하게 바라보던 박 작가를 본 것이 엊그제 같았다.

내리 세 판째 광을 팔고 죽어 버린 나는 김 작가를 지그시 바라 보았다. 최 작가가 김 작가를 바라보는 나를 힐끗 쳐다본 뒤 솔 피로 광을 먹었다. 돈을 몇 번 잃지 않은 최 작가의 패는 신이 들린 것 같았다. 바닥에 석 장이나 깔린 비를 열 끗짜리 패를 까서 쓸어갔다. 보나 마나 이번 판도 최 작가가 휩쓸 게 뻔했지만 최는 김 작가와 박 작가와 서 작가에게서 피 한 장씩 가져오지 못한 것을 아쉬워했다.

"이게 미쳤지. 왜 초장에 나오고 그래?"

난초 피를 까서 열 끗짜리 바닥 패를 가져오던 김 작가가 최 작가의 말을 받았다.

"그러게, 이번에 나오면 좀 좋았겠어?"

박 작가는 가진 패 가운데 이것을 뺐다 저것을 뺐다 하더니 결국 김 작가가 까놓은 목단 열 끗짜리를 띠로 가져왔다.

"누구는 학예과장님 어머니 덕분에 계약 해지 당해도 대형 그림 팔 게 생겼어. 이거야 원, 무슨 패가 이래? 잘 좀 섞어 봐."

상대들의 패와 바닥 패를 읽고 있던 최 작가가 빙긋이 웃었다.

"나는 잘 섞었으니까 잘 쳐 봐."

재미로 시작한 화투판이 어느덧 팽팽한 신경전으로 바뀌고 있었다. 내 등 뒤에서도 구석 자리에서도 운이 따라주지 않는 패에 발끈하는 소리와 투덜대는 소리가 들렸다. 밤샘을 할 때는 화투만 한 게 없지만 돈을 잃고 기분이 좋을 사람은 아무도 없었다. 하지만 자리를 박차고 일어나는 사람은 아무도 없었다. 돈을 잃고도 자리를 뜰 생각을 하지 않는 동료 작가들이 섬뜩하게 느껴졌다. 나는 최 작가의 앞에 두툼하게 쌓인 돈을 바라보았다. 또 최 작가가 김 작가와 우리 세 사람 사이에 왜 끼어들었을까 하는 생각이 들었다.

나는 도 회장이 동료 작가들을 계약 해지 한다는 말을 처음 들었던 순간에도 등골이 오싹해지는 것을 느꼈다. 그때 내가 생각한 것은 우리의 믿음이 터무니없이 허약하다는 사실이었다. 우리는 미술관장과 도 회장을 믿었고 우리 모두의 작품에 들어가는 서명이 어떻게 바뀌어도 미술관에서 진행하는 벽화 작업은 무사할 거라고 믿었다. 하지만 그 믿음은 계약 해지 통보 선언을 받는 동료들이 늘어가면서 한순간에 분해되고 말았다. 그 순간부터 모두들 어떻게 하면 살아남을 수 있을지를 궁리하기 시작했고 나 역시도 계약 해지 당한 동료 작가들을 겉으로는 안타까워하면서도 속으로는 안도의 숨을 내쉬었다. 이런 스스로가 혐오스러워지는 순간마다 내게는 아내가 떠올랐고 겨우 그 이유로 살아남으려 하는 내 자신을 역겨워했다.

벽화조성사업 2차 공모안이 발표되었을 때 아내는 고단한 얼굴로 일곱 살짜리 다섯 살짜리 옷을 개며 내게 물었다.

"당신은 선정이 되겠지? 1년간 4대 보험에 7급 공무원에 준하는 월급을 준다니 이게 어디야? 게다가 내년에는 시청 건물 외벽으로 확장한다는데… 나는 지금하고 있는 식당이 진절머리가 나."

반듯하게 개켜진 아이들의 옷을 바라보던 나는 나도 모르게 담배를 빼물며 대답했다.

"물론이지. 당신도 이젠 작업을 시작해야지."

도 회장이 있는 미술관은 스물다섯에 대학을 졸업한 내가 2년 동안의 백수 생활 끝에 아내와 연애하는 동안 벽돌을 날랐던 건축 현장이었다. 미술관의 설계에서부터 참여했던 도 회장은 내게 아내를 소개시켜 주었을 뿐 아니라 건축현장에서 일을 할 수 있도록 도움을 주었다. 일용직이었지만 미술관 건물이 완성될 무렵 적지 않은 뭉칫돈을 손에 쥘 수 있었고 우리는 결혼하면서 도 회장에게 주례를 부탁했었다. 결혼 후 작가의 길을 접은 아내는 줄곧 조그만 술집 겸 백반 식당을 해 왔다. 아내가 하는 식당의 손님은 대부분이 주머니가 가벼운 작가들이었고 작가의 아내가 하는 밥집 겸 술집으로 맛집멋집에 소개되고 유명세를 타면서 벌이도 괜찮았다. 가끔씩 도 회장은 작가들을 몰고 와 아내의 가게에 매상을 올려 주었다. 늦은 오전이면 아이를 친정에 맡기고 왁자한 술손님들이 모두 돌아가고 나면 식당 문을 닫고 아이를 데려오는 일은 아이도 엄마도 할 짓이 못 된다는 것이 아내의 말이었다. 남자들이 아무리 아내를 도와준다고 해도 가사노동은 아무래도 여자들 몫이 더 많아. 나는 돈 벌면서 아이도 키우고 살림도 하고 작가 남편 뒷바라지까지 하는 슈퍼우먼이 못 되거든.

내가 이런 아내를 위해 이 지역에서 작가로 어떻게 살아남을 것인지 고민하는 동안에도 미술관벽화조성 공모는 계속되었다. 2차 공모에서 선정된 작가들이 작업 스케치를 위한 지역의 역사공부를 하고 간간이 스케치를 하는 동안에도 계약 해지 된 동료 작가들은 십여 명에 달했고 그들은 하는 일보다 많은 부동산을 소유하고 있거나 지나치게 술이 과해서 지역 안팎으로 문제가 있는 작가들이었다. 이런 통계는 나만 파악하고 있었던 게 아니었다. 시간이 지나면서 서 작가와 박 작가는 물론 다른 동료 작가들도 어떤 작가들이 계약 해지 되는지를 알아챘다. 자판기 커피를 뽑아들고 작업장 앞에 삼삼오오 모인 동료 작가들은 더위가 한풀 꺾인 어느 날 이에 대한 의견을 나누기도 했다.

하지만 가을이 시작되면서 우리는 더 이상 자판기 커피를 뽑아들고 작업장 마당에 모여서 웃고 떠들지 않았다. 제 날짜에 입금되는 월급은 아내의 얼굴에 윤기를 돌게 했다. 미술관이 돌아가는 정보는 끼리끼리 나누었고 계약 해지를 당하는 동료들을 걱정하는 일도 없었다. 모두는 서로에게 계약 해지 당할 만한 사유는 없는지 있다면 어떤 것인지를 살피느라 여념이 없었다. 그런 우리들은 자신을 숨긴 채 미술관 외벽의 벽화 작업을 진행하는 순간부터 동료 작가들의 일거수일투족을 살피기에 바빴고 동료 작가들의 뒤를 캐는 일은 퇴근한 뒤에도 계속 이어졌다.

나는 쌍피를 팔고 죽는 박 작가 대신 패를 잡으며 최 작가와 김 작가를 바라보았다. 김 작가의 말로는 미술관 안에서 가장 은밀하게 움직이는 사람들이 최 작가와 박 작가였고 최 작가와 박 작가는 동료 작가들을 만날 때마다 우리 커피 한 잔 할까? 우리끼린데 뭐 어때? 이런 말을 곧잘 했다고 들었다. 나는 그런 최 작가와 박 작가에게 난초 열 끗짜리를 내주었고 똥 피를 까서 바닥에 깔린 쌍 피를 가져왔다.

최 작가의 패를 슬쩍 곁눈질한 박 작가가 나를 빤히 쳐다보았다. 광박을 조심하라는 뜻 같았다. 나는 재빨리 박 작가에게서 시선을 돌리며 괜히 이 패 저 패를 만지작거렸다. 괜히 우리 판처럼 팽팽하게 신경전을 펴는 다른 판을 돌아보기도 했다. 대부분의 동료 작가들은 거의 돌아간 상태였고 신경은 그 어느 때보다 훨씬 더 팽팽하게 당겨지고 있었다. 원래 화투라는 게 신경을 팽팽하게 잡아당기는 놀이기도 하지만 우리를 향한 미술관의 계약 해지의 칼날은 아직도 숨을 죽인 채 번뜩이고 있는 상황이었다.

다행히 최 작가는 박 작가와 나의 시선교환을 눈치를 채지 못했다. 최 작가 앞에 꽤 두툼하게 쌓인 돈 덕분이었다. 최 작가의 앞에 쌓인 돈은 족히 오십만 원이 넘을 것 같았다. 하지만 패를 받은 뒤에 돈을 슬쩍 헤아리는 것을 보면 들어온 패가 그다지 신통치 않은 게 분명했다. 시간이 지날수록 최 작가의 패를 잡는 횟수가 줄어들고 있었다. 검붉은 화투 패의 등을 통과해 최 작가가 들고 있는 패가 눈에 보이는 것만 같았다. 새로 맞춘 다초점 렌즈의 안경은 거북이 등껍질을 조각해 만든 최고가의 안경이었다. 미술관에 올 일이 있을 때마다 난 바로 앞에 있는 안경점에 들러 언젠가는 꼭 이 안경을 쓰리라고 주문을 걸었었다. 엄두도 못 냈던 고가의 안경이었지만 그림이 잘 팔리고 벽화 작업을 하면서 제 날짜에 입금되는 돈은 내게 이 안경을 선물해 주었다.

나는 최 작가가 홍싸리 열 끗짜리로 피를 먹어 가는 것을 보며 박 작가를 이길 수 있다고 속으로 내 자신에게 말했다. 내가 나를 세뇌시키는 버릇은 미술관벽화조성사업 2차 공모안이 발표된 지 2주도 채 지나지 않으면서부터였다.

며칠 단위로 동료 작가들이 계약 해지 되는 가운데서도 나는 아침이면 자판기 커피를 마셨고 점심시간이면 미술관 구내식당에서 함께 밥을 먹은 뒤 또 자판기 커피를 마셨다. 커피를 마신 뒤에도 캔 콜라를 벌컥벌컥 들이켜며 동료 작가가 해고되어야 내가 살아남는다고 스스로를 세뇌시켰다. 그때 나는 작업 도구가 들어 있는 아트박스를 열면서도 동료 작가들이 서로의 사소한 실수를 놓치지 않으려고 일을 하는 틈틈이 눈을 빛내는 것을 여러 번 보았다. 그와 함께 내 눈과 손도 바빠지기 시작했다.

가슴에 청색 천을 넓게 대어 아트(ART)라고 써진 긴 앞치마와 발목에 고무줄이 들어가 펄럭임을 방지한 바지는 벽화 작업에 선정되면서 지급된 유니폼이었다. 도 회장은 공모에서 선정된 작가들에게 유니폼을 나눠 주며 그림이 밥이 될 수 있는 세상이 왔다며 낮에는 작업용으로 입고 집에 가서는 주방용으로 사용하라고 웃으며 유니폼을 나눠 주었다. 그 유니폼 속에 감춰진 우리들의 모습이 시간이 지날수록 하나둘 드러나기 시작했다. 작업이 끝나면 집으로 돌아가는 길에 아내의 식당에 들러서 서 작가와 박 작가와 나는 그런 동료 작가들의 이야기로 술안주를 삼았다.

"스케치 팀에 있는 조각한다는 문 작가 말이야. 나이도 얼마 안 된 친구가 주식에 손댔다 엄청 말아먹은 모양이야."

"작업실 보증금은 말할 것도 없고 작품들에도 빨간딱지가 붙었대."

"가끔 정서불안에 걸린 것처럼 안절부절못한 이유가 다 있었군."

"그럼, 채색 팀의 오 작가가 처가에서 거액을 상속 받은 건 알아? 처가 집이 섬인데 관광지로 개발 확정되어 보상금이 엄청나대."

"언젠가 신문에 난 섬이군. 대통령이 휴가 때 머물고 싶다고 해서 지자체에서 난리를 피웠지."

"어쩐지 그 친구 벽화 작업 하는데 쉬엄쉬엄 노는 것처럼 하더라니."

"오 작가랑 잘 어울리는 턱이 뾰족한 홍 작가에게 숨겨 놓은 여자가 있다는 건 알아? 아트페어에서 부스가 마주 보고 있어서 알게 된 케이스래."

우리 세 사람 가운데 이런 사실들을 주로 알아 오는 사람은 박 작가였다. 서 작가가 알아 오는 정보는 박 작가에 비하면 아무것도 아니었다. 박 작가의 발은 미술관과 이 지역을 통틀어 가장 넓었고 박 작가가 모르는 동료 작가들의 일은 거의 없었다. 야외 스케치를 핑계로 카메라를 들고 야외에 나간 주말이면 서 작가와 박 작가는 동료 작가들의 이야기를 나에게 들려주곤 했다. 나는 동료 작가들의 감춰진 이면을 듣고 적잖이 놀랐다.

나도 서 작가와 박 작가처럼 동료 작가들의 사생활을 꼬치꼬치 알아내고 싶었다. 서 작가와 박 작가가 알아내지 못한 사실들을 알아내기 위해 아내의 식당을 찾아오는 동료 작가들의 술자리에서 그들의 취중진담을 기억하기에 바빴다. 하지만 나는 언제나 서 작가와 박 작가보다 한발 늦었고 그 가운데는 조작된 사실과 위조된 진실도 더러 있었다. 그런 서 작가와 박 작가의 뒤를 좇는 사이 내 눈은 더욱 나빠졌고 나는 동료 작가들 집의 베란다에 위태롭게 떠 있는 화분을 보고 멀미를 느끼곤 했다.

내리 두 판째 죽는 박 작가 때문에 나는 들어온 패가 그다지 신통치 않는데도 광을 팔지 못했다. 보름달이 환한 팔 광을 빼고 나면 그야말로 수묵화 같은 패에다 똑같은 패가 세 쌍이나 되었다. 나는 내가 칠 차례가 왔는데도 선뜻 패를 내지 못했다. 오랜만에 패를 잡은 최 작가가 이 패 저 패 만지작거리는 나를 재촉했다.

"그렇게 오래 들여다보고 있으면 홍싸리가 똥광으로 변하기라도 하나?"

나는 최 작가의 말대로 홍싸리를 내던지다 최 작가를 바라보았다. 땄던 돈을 도로 잃고 지갑까지 꺼내놓은 최 작가의 눈은 박 작가 앞에 쌓인 돈을 떠나 나에게 옮겨지고 있었다. 나에게 집중하고 있는 눈에는 빨간 핏발이 선명했다. 그 눈을 보자 또 최 작가와 김 작가가 왜 우리판에 왜 끼어들었을까 하는 생각이 들었다. 나는 바닥에 쌓인 패를 까며 말했다.

"내 생각에는 똥광으로 변했을 것 같은데, 한 번 봐 볼까?"

내가 패를 까는 것과 동시에 두 번째 패도 내 손끝을 따라 나와 뒤집어졌다. 놀랍게도 내가 깐 패는 흑싸리 피였고 따라 나와서 뒤집힌 패는 똥 쌍 피였다. 흑싸리 피 위에 뒤집어진 똥 쌍 피를 최 작가가 제자리에 올려놓았고 박 작가는 다시 맨 밑바닥으로 집어넣었다. 모두가 보아 버린 패는 바닥으로 들어가야 한다는 거였다. 하지만 차례가 되어서 패를 내려던 최 작가는 바닥으로 들어간 패를 다시 위로 올려놓았다.

"언제부터 뒤집힌 패가 바닥으로 들어갔어?"

나는 최 작가의 손끝에 들어간 힘을 한눈에 읽었다. 김 작가도 서 작가도 나와 같은 직감을 느꼈는지 아무려면 어떠냐고 얼버무렸고 박 작가는 똥 쌍 피를 다시 바닥으로 넣으며 그런 게 어디 있느냐고 우겼다. 그 여세를 몰아 나는 화투판을 뒤섞어 버렸다.

"이제 그만 치지. 시간도 새벽 4시가 넘었고 내일도 제 시간에 벽화 작업 하려면 가서 자야지."

내 말이 끝나기도 전에 최 작가는 내 멱살을 잡아 일으켰다. 최 작가가 잡아끄는 대로 일어선 내 얼굴에 최 작가의 침이 날아왔다. 누구 맘대로 패를 섞는 것이냐고 외치는 최 작가의 구강 구조가 짐승의 그것과 흡사했다. 나는 최 작가에게 멱살이 잡힌 가운데서도 까맣게 충치가 먹은 사랑니까지 최 작가의 입안을 구석구석 볼 수 있었다.

내가 최 작가의 악력에 숨을 몰아쉬자 박 작가와 김 작가가 함께 최 작가를 말렸다. 그러다 박 작가는 나를 바닥으로 밀치더니 최 작가의 멱살을 틀어쥐었다. 버둥거리는 최 작가의 발에 화투가 사방으로 튀었고 화투판은 순식간에 난장판으로 변해 버렸다. 나는 안면만 있는 한 동료 작가가 주워 주는 안경을 쓰고 박 작가를 말렸고 박 작가는 최 작가의 멱살을 놓고 또다시 내 멱살을 잡았다.

"야, 저 새끼가 뭐하는 새낀지 진짜 몰라? 블랙리스트 작성 원흉이야. 미술관에 붙어 온갖 아부질이나 하는…"

서 작가가 내 멱살을 잡고 있는 박 작가를 뜯어 말렸다. 박 작가는 내 멱살을 잡은 채 서 작가와 김 작가를 향해 삿대질을 해댔다.

"너희 두 놈도 똑같아. 저 새끼가 학예과장과 한통속인 거 다 알잖아? 네 놈들이 시립미술관에 전시초대 받으려고 온갖 이야기를 옮기고 다닌 것을 내가 모를 줄 알아?"

박 작가의 삿대질은 다시 최 작가를 향했고 서 작가는 고개를 숙였다.

"시청 감사과장이 문상을 왜 온 지 알아? 새끼들아. 도 회장과 학예과장도 내사 받고 있거든."

김 작가는 처음 듣는 이야기인 양 짐짓 딴청을 피우며 옷의 먼지를 털었다.

"도 회장과 네 마누라 바람 난 것도 저 새끼가 소문 다 냈어. 네 그림이 좋아서 그냥 여기저기 팔린 줄 알았다면 넌 미친 새끼야. 사람도 아니지."

"2차 공모가 왜 생긴 줄 알아? 너 하나 살리려고 계약 해지 당한 사람이 18명이야. 개새끼야."

내가 들은 박 작가의 말은 거기까지였다. 더 이상은 박 작가의 말이 내 귀에 들리지 않았다. 최 작가의 팔을 잡고 있던 손에서도 힘이 빠졌다. 나는 동공을 확장시키며 혼잣말처럼 박 작가에게 물었다.

"그게 무슨…?

박 작가는 내 멱살을 놓았다.

"야, 이 개새끼야. 지역 작가들이 모두 알고 있는데 그것도 몰랐냐? 병신 새끼."

나는 박 작가의 말을 믿을 수 없었다. 박 작가는 이 지역 작가들 사이에서 가장 성실한 사람이었고 동료작가들의 애경사에 빠지는 법이 없을 정도로 동료 작가들을 챙기는 사람이었다. 작가로 만나서 함께 한 시간이 얼만데… 적어도 우리는 모든 것을 공유했다고 생각했었다. 하루 장사를 위해 시장만 가지 않는다면, 두 달에 한 번 대학 선후배 모임에만 가지 않는다면 종일 가게에 있을 뿐 외출할 일이 없다는 사람이 아내였다. 게다가 눈으로 본 사실이 모두 진실일 수도 없었고 인간의 눈은 짐승만큼 정직하지도 않았다. 아내의 24시간은 내가 다 꿰고 있어. 아내는 그런 사람이 아니야. 나는 고장 난 인형처럼 혼자 중얼거리며 고개를 젓기 시작했다. 발밑에서 우두둑, 거북이 등껍질 안경이 깨지는 소리가 들렸다.

거위의 집

남양장에서 들리는 것은 진짜 거위 소리였다.

나는 까치발을 딛고 남양장의 시멘트 벽돌담을 넘어다보았다. 하지만 170센티미터의 내 키는 벽돌담의 높이에 미치지 못했다. 의자든 양동이든 올라서지 않고서는 남양장을 들여다보는 것은 불가능했다. 주위를 둘러보았지만 주차장에 딛고 설 만한 물건은 보이지 않았다. 그렇다고 주차 관리인 처지에 아침 일찍 들어온 그랜저와 아우디의 보닛에 올라설 수는 없는 일이었다. 주차할 때 뒤 범퍼가 시멘트 벽돌담에 닿는 것을 방지하기 위해 갖다 놓은 폐타이어는 올라서나 마나일 것 같았다. 이런 때 플라스틱 의자라도 있으면 딱 좋으련만. 담을 붙잡고 있던 팔을 내리는데 마땅한 물건이 눈에 들어왔다. 주차장 입구에 누군가 버리고 간 철제 쓰레기통이었다. 의자 높이라서 발판으로 안성맞춤일 것 같았다.

오래전 남양장은 이 도시에서 알아주는 여관이었다. 준호텔급인데다 1층에는 조선옥이라는 한정식 집까지 갖추고 있어 남양장에 간다고 하면 모두들 부러운 눈초리로 쳐다볼 정도였다. 오죽하면 남양장에서 들리는 한낮의 교성 소리를 입맛 다시며 듣는 노인들까지 있었겠는가. 나는 지금도 길을 가다 걸음을 멈추던 노인의 표정을 생생하게 기억할 수 있다. 그렇게 전성가도를 달리던 남양장은 내가 군대에 가 있는 사이 첫 번째 주인이 바뀌었다고 했다. 이후 남양장은 경매에서 육억 원에 낙찰됐다는 소문만 전해 왔을 뿐 개미 새끼 하나 찾아오지 않았다. 그런 남양장에 노숙자와 거위가 살고 있다고 했다.

제법 쌀쌀한 기운이 느껴지던 가을날 아침, 은성이 커피를 들고 컨테이너를 두드렸다.

"움막 속에 앉아 있는 거위가 얼마나 예쁜지 몰라. 정말이야, 형."

녀석이 그렇게 말했을 때 나는 언젠가 텔레비전에서 본 노르웨이 숲 속의 거위를 떠올렸다. 온통 하늘을 향해 곧게 서 있는 자작나무 같은 흰 털빛. 머리를 앞으로 내밀고 한 방향을 향해 줄줄이 걷는 거위들. 세상의 빛나는 것들은 모두 거위의 등 위로만 모아지고 있었다.

하지만 은성이 말한 거위는 보이지 않았다. 기둥과 외벽만 남은 남양장의 마당 한쪽 구석에 각목 따위를 세워서 비닐 천막을 씌워 놓은 움막이 보일 뿐 거위는 그림자도 찾아볼 수 없었다. 1층엔 전선과 수도관 호스와 시멘트 뼈대들만 횅뎅그렁했다. 기둥과 기둥 사이로 한 잎 두 잎 지고 있는 거리의 은행잎이 보이고 움막 옆에는 빈 종이 상자와 신문지 따위로 가득 찬 리어카가 세워져 있을 뿐이었다. 나는 아예 고개를 들이밀고 남양장 구석구석을 살펴보았다. 거위는 물론 거위를 키우는 사람도 보이지 않기는 마찬가지였다. 거위가 있을 만한 곳은 움막밖에 없어 보였다. 나는 당장 남양장으로 달려가 거위를 찾아보고 싶었지만 조금 있으면 차들이 밀려들 시간이었다.

남들이 볼 때는 주차장 관리인이 한가롭게 보이겠지만 나름대로 일이 많고 고된 게 이 직업이었다. 하루 종일 자리를 비울 수 없다는 점, 다른 사람들이 밥을 먹을 시간에 손님을 맞아야 한다는 점, 모두가 편안히 집에 있을 늦은 밤 시간이 되어서야 일이 끝난다는 점에서 식당업과 비슷하기도 했다. 주차장 사각지대 구석구석에 담배꽁초는 왜 이렇게 널려 있는 건지, 날마다 쓸어도 끝이 없었다. 가득 찬 쓰레기봉투를 묶어서 수거 장소에 내놓고 아침 겸 점심을 먹고 나면 오전 시간이 언제 가 버렸는지 모르게 지나가 버렸다.

바쁠 땐 눈코 뜰 새 없다가도 그 시간이 지나면 짜증 날 정도로 한가한 곳이 주차장이었다. 차들이 한꺼번에 아홉, 열 대씩 밀려들다가 몇 시간 동안 주차권 한 장 뽑아 보지 못할 때도 있었다. 두 경우 다 나름대로 힘들지만 내겐 골목에 들어오는 차를 한 대도 보지 못할 때가 가장 견디기 힘들었다. 나는 되도록 빨리 넉넉하게 통장을 채운 다음 이 도시를 떠나고 싶었다. 아직 그다음은 생각해 보지 않았다. 케이블 채널은 재탕의 연속이고 휴대폰을 열지 않는 한, 말 한 마디도 나눌 사람이 없었다. 그렇게 하릴없이 주차장 입구만 바라보고 있는 나에게 은성은 남양장에서 거위를 키우는 노숙자가 산다는 사실을 알려 주었다. 내가 남양장을 매일같이 넘어다보게 된 것은 그날부터였다. 거위 울음소리가 아니었다면 내가 남양장을 넘어다볼 일은 없었을 터였다. 하지만 나는 한 번도 거위를 보지 못했다.

"형, 오늘은 커피가 좀 늦었지?"

컨테이너에서 김치찌개 냄새를 빼내려고 창문을 여는데 은성이 커피를 가져왔다. 누군가를 위해 커피를 타고 음식을 만드는 것이 행복하다는 녀석이었다. 어느덧 나는 아침마다 녀석의 커피를 기다리게 되었다. 녀석이 가져오는 커피는 언제나 설탕과 프림을 마음대로 조절할 수 있다는 맥심 커피였다.

"근데 김치찌개 냄새 나는 거 보니까 내가 커피를 제때 가지고 온 거 같네. 다음부턴 항상 이 시간에 갖다 줄까?"

오늘 아침에는 썰어야 할 게 유난히 많았다고 은성은 말했다. 짜장의 재료가 되는 양배추, 양파, 감자는 물론이고 깍두기 담글 무까지 썰어야 했다. 여느 중국 음식점처럼 천안문에서도 아침마다 야채를 다듬고 써는 게 중요한 일이었다. 물론 은성이 하는 일은 배달이지만 그 많은 양을 주방장과 주방 아줌마 둘이서만 해낼 수는 없기 때문이었다.

은성은 내가 커피를 다 마실 때까지 기다리지 못했다. 배달이 곧 밀려들 시간이었다. 트레이드마크가 되어 버린 선글라스 너머로 눈웃음을 치며 나중에 컵을 가져다 달라던 은성이 돌아가려다 말고 나를 부른 건 텔레비전을 리빙 채널로 바꾸고 났을 때였다. 텔레비전 화면에는 울창한 숲이 가득 차 있었다.

"아 참, 형! 남양장에 노숙자랑 함께 사는 거위 봤어? 내 말이 맞지?"

나는 여자처럼 하얀 피부를 갖고 있는 은성의 얼굴을 바라보며 웃었다. 뻣뻣한 수염 하나 돋은 흔적이 없는 은성의 턱을 볼 때마다 녀석의 사타구니 속이 궁금했다. 가끔씩 내 뻣뻣한 수염을 넋 놓고 바라보다 신기한 듯 수염을 만져 보곤 하던 녀석이었다. 형은 나를 이해해 줄 거라며 꼭 해야 할 이야기가 있다고 운을 뗐으면서도 지금껏 망설이고만 있는 은성의 이야기가 갑자기 궁금해졌다.

"아직. 소리만 들었어."

거위를 보지는 못했지만 은성의 이야기를 듣고 난 뒤부터는 나한테도 거위 소리가 들렸다. 그때부터 도심 한가운데서 거위 울음소리를 들을 수 있는 아침이 좋았다. 어렴풋한 한기를 느끼며 잠에서 깨어나려 할 때 들려오는 거위 소리는 내게 신선한 하루를 열어 주곤 했다. 비록 거위를 볼 수는 없었지만 월세를 백만 원이나 내야 하는 주차장에서 깍깍거리는 소리를 듣는 순간만큼은 한 번도 살아 본 적 없는 시골 풍경이 그려지곤 했다. 아담한 흙집. 작은 마당. 마당가에 감나무와 목련나무가 서 있고 그 아래 거위가 뒤뚱뒤뚱 거니는 곳. 도시에서 나고 자란 내가 거위 울음소리만 듣고 이런 그림을 상상하게 된 건 노르웨이 숲 속의 거위들을 보여 준 텔레비전 덕분인지도 몰랐다.

"그럼, 노숙자 없을 때 한번 가 봐. 멀지도 않잖아."

나는 은성이 돌아간 뒤 컨테이너를 나와서 남양장을 바라보았다. 지은 지 얼마 안 되는 샵 모텔과 푸치니 모텔 사이에 초라하게 서 있는 남양장. 창문이 모두 뜯겨 나간 남양장은 검은빛으로 흉측해 보였다. 실제로 내 주차장에 오는 손님들 가운데는 불이 난 건물이냐고 묻는 사람도 더러 있었다. 그때마다 나는 창문이며 내부 벽을 죄다 뜯어 놓은 채 오래도록 비워 놓은 건물을 경매 받은 사람이 누구인지 궁금했고 사람의 손길을 잊어버리고도 오랫동안 버티고 있는 남양장이 신기하기만 했다.

한참 동안 남양장을 바라보고 있는데 까치 소리가 들려왔다. 꽤나

가깝게 들리는 소리였다. 남양장의 5층부터 차근차근 눈으로 짚어 내려오던 나는 3층에서 시선을 멈추었다. 거칠게 부서진 시멘트 벽 단면 너머에서 들려오는 소리였다. 평소와 다르게 비명 같은 거위 소리도 들렸다. 무슨 일이 일어나고 있는 것 같았다.

한동안 거위 울음소리만 들리던 남양장에서 이번에는 라디오 소리도 났다. 바로 옆의 푸치니 모텔 1층에서 월세를 사는 아이들이 창문을 열어 놓았는가 했지만 그 창문들은 꼭꼭 닫혀 있었고, 왼쪽의 샵 모텔은 라디오 소리에 비해 거리가 멀었다. 라디오 소리는 남양장에서 들려오는 소리가 틀림없었다. 하지만 남양장에서는 아무것도 보이지 않았다. 거위 또한 보이지 않기는 마찬가지였다. 빈 종이 상자와 신문지 따위가 가득 쌓여 있던 리어카가 텅 비어 있고 주황색 비닐이 둘러진 움막 옆에 플라스틱 양동이가 새로 보일 뿐이었다. 아마도 노숙자는 고물상에 리어카를 비워 주고 시장에 들려온 뒤 비닐 움막에서 휴식을 취하고 있는 게 틀림없었다.

나도 휴식을 취하듯 잠시 비닐 움막을 바라보는데 갑자기 뭔가 반짝하는 빛이 시야를 스쳐 갔다. 은행잎이 떨어지면서 아침 햇빛을 반사시킨 거였다. 그제야 나는 남양장의 흉물스러운 시멘트 기둥 사이로 비치는 가을의 거리를 바라보았다. 보도블록에는 늦여름의 독기가 사라진 햇살이 얇게 깔려 있었다. 텔레비전의 아침 프로그램에서 만추(晩秋)라는 단어를 들은 기억도 났다. 얼마 안 있으면 은행잎이 다 진 저 거리에 맵찬 겨울바람이 불고 생명의 흔적 하나 찾아볼 수 없을 정도로 눈보라가 흩날릴 터였다.

겨울을 떠올리자 노숙자가 자리 하나는 잘 잡았다는 생각이 들었다. 적어도 지하철이나 기차역에서 자리다툼은 하지 않아도 되고 폐휴지와 고물을 부지런히 주워다 팔면 그런대로 겨울은 날 수 있을 것이었다. 언젠가 주차장 앞 골목을 담당하는 미화원이 말하기를 생활 정보지 한 부의 무게는 500그램이고 돈으로는 120원이라고 했다. 생활 정보지는 아침마다 가판대에 채워지고 거리에는 가게마다 내놓은 빈 종이 상자와 신문지 따위가 널려 있기 마련이었다. 하지만 그마저도 경쟁이 치열한 세상이었다.

그랜저 두 대가 주차장으로 들어왔다. 한 치의 머뭇거림도 없이 주차를 하고 삼십 대로 보이는 남자들이 다섯 명이나 내렸다. 모두들 감청색 양복에 넥타이 차림이었다. 그들은 차에서 내리자마자 컨테이너에서 주차권을 발급하고 있는 나를 향해 걸어왔다. 은성이 오토바이 속도를 줄이며 그들을 흘긋 쳐다보고 지나갔다.

"여기 사장님 되십니까?"

사내로서는 체구가 작은 편인 내가 보기에 위압적인 체격들이었다. 내게 말을 건 남자는 일본의 스모 선수 같은 체격이었는데 예의 바르게 허리를 굽히는 인사성이며 말투는 의외로 정중했다. 나는 주차권을 내밀다 말고 허리를 마주 엉거주춤 숙이며 남자를 쳐다보았다.

"예, 그렇습니다만."

감청색 양복의 남자와 내 눈이 컨테이너의 작은 창문 사이에서 부딪쳤다. 나는 낯선 남자들의 정체가 궁금했고 남자는 주차장을 운영하는 나를 살피는 눈치였다. 입을 굳게 다물고 쌍꺼풀 없는 눈에 힘이 들어가 있다는 게 그 증거였다. 나는 남자가 찾아온 용건을 기다리며 두툼한 그의 얼굴이 내 얼굴 크기의 두 배는 되겠다고 생각했다. 내 얼굴에서 무엇을 읽었는지, 그 순간 남자의 입가에 미소가 살짝 드리워졌다.

"저는 지난여름에 경매에서 저 건물을 매입한 사람인데, 리모델링 공사 때문에 찾아뵀습니다. 공사를 시작하려면 아무래도 양쪽 모텔들보다 주차장에 양해를 좀 더 구해야 할 것 같아서 말이죠."

나는 재빨리 남양장 아래쪽을 바라보았다. 남양장과 이웃한 담 아래 주차 공간은 네 대를 주차할 수 있었다. 이곳은 주차장에서 가장 안쪽이기 때문에 밤늦게 출차하는 차들이 주로 주차하는 곳이었다. 천안문의 산타페와 수제화 전문점 메트로의 SM5, 퓨전 레스토랑 더 밥의 소나타와 토스트 가게 비전의 누비라가 이 자리의 오랜 주인들이었다.

이백이십여 평의 주차 공간 중에 담 아래 자리는 원래 내가 살았던 집터였다. 방 세 개와 주방이 작은 거실을 가운데 두고 기역 자로 늘어서 있던 집. 이 집에서 아버지의 외할아버지가 세상을 떠났고 할머니가 아버지 몰래 고리대금업자에게 집문서를 넘겼다. 집을 비울 때가 되어서야 사실을 알게 된 아버지는 분노를 씹으며 할머니를 큰아버지에게 버렸고 나는 그로부터 15년이 지난 뒤 이곳으로 돌아와 덤프트럭 다섯 대로 아버지가 지은 집을 쓸어버렸다. 지난해 들어간 철거 비용이 자그마치 300만 원이었다.

돈으로 환산되는 수치는 두뇌의 회전을 평소보다 배는 빠르게 한다.

"공사 기간을 얼마나 잡으실 건가요?"

아무리 위압적인 체격이라 해도 아쉬운 입장은 남자 쪽이었다. 그의 말투에서는 그런 그의 입장이 충분히 묻어났다.

"한 두어 달 걸릴 것 같습니다만."

공사 기간은 예상했던 대로였다.

남양장이 다른 사람의 손으로 넘어간 건 아버지와 친분이 두터웠던 남양장 주인이 노름에 빠지면서였다고 했다. 마침 최신식 편의 시설을 갖추고 등장한 모텔에 밀린 남양장이 빛을 바래기 시작할 때여서 그야말로 똥값이었다. 새 주인은 남양장을 사무실 겸 오피스텔로 개조하고 싶어 했다. 가능한 한 비용을 적게 들이고 싶었던 그는 일억만 주면 리모델링을 완벽하게 해 주겠다는 말에 속아 오랫동안 창문 하나 새로 끼워 넣지 못했다. 외벽과 기둥만 남겨 둔 채로 도저히 답이 나오지 않는 건물을 버리고 업자가 달아나 버렸기 때문이었다.

문제는 두 달 동안 네 대 분의 주차 공간이 줄어든다는 데 있었다. 또 그만큼 다른 차도 더 받을 수 없었다. 머릿속에서 계산기 두드리는 소리로 멀미가 날 지경이었다.

"다른 곳은 주차 요금을 올렸지만 저는 아직 올리지 않았습니다. 그렇더라도 자동차 한 대당 하루 주차 요금은 2만 원입니다. 거기에 곱하기 30일, 곱하기 4를 하시면 답이 나올 겁니다. 소음이나 먼지 등의 피해는 제가 이해하더라도 말이죠."

그 답은 나도 구해 보지 않았다. 다만 예상했던 시간보다 빨리 이 도시를 떠날 수 있겠구나 하는 생각이 들 뿐이었다. 문득 리빙 채널에서 즐겨 보았던 스웨덴이나 노르웨이의 숲들이 스쳐 갔다. 그제야 내가 이 도시를 떠난 뒤 무얼 하고 싶어 하는지를 어렴풋이 알 것 같았다.

남자는 잠시 시선을 떨어뜨린 채 말이 없었다. 탐색이 잘못되지 않았다는 걸 스스로 인정하는 눈치였다. 굳게 다문 입에 힘이 들어가고 있었다. 동시에 커다란 머리도 끄떡였다.

"공사를 지금 당장 시작한다는 건 아닙니다. 일단 구청에서 허가가 떨어져야 하고 공사 준비도 해야 하고…. 그동안 조정을 다시 해 주셨으면 합니다. 사실 저희가 그렇게 돈이 넉넉한 게 아니라서 말입니다."

그 말을 듣자 남자가 하려는 사업이 무엇인지 궁금해졌다. 남자는 웨딩 컨설팅 전문점을 만들 거라고 했다. 사실 남양장 앞의 거리는 웨딩의 거리였다. 녹십자 병원 옆에서부터 분수가 있는 도시의 광장 옆까지 온통 웨딩 숍이 즐비했다. 그 가운데 토털 전문점이 들어선다면 몇 개의 가게가 또 죽어 나갈 것이었다.

거구의 남자가 일행과 함께 돌아가고 난 뒤 나는 남양장을 바라보았다. 어디선가 까치 소리가 들려왔다. 해가 잘 비치지 않는 건물 내부는 어두컴컴해서 까치를 쉽사리 알아보기 어려웠다. 5층부터 찬찬히 살핀 뒤에야 가까스로 창문을 뜯어낸 자리에 앉아 우는 까치를 발견할 수 있었다. 나는 어둠 속에서도 검푸르게 빛나는 까치를 발견하고 나서야 노숙자와 거위를 떠올렸다.

며칠 만에 너머다 본 남양장에는 움막의 비닐이 걷혀 있었다. 기둥역할을 했던 각목은 아직 그대로였다. 종이 상자 위에 누워 있는 노숙자가 어렴풋이 눈에 띄었다. 그사이 세간도 불어났다. 전에 보이지 않던 휴대용 가스레인지와 알루미늄 냄비가 파란색 플라스틱 양동이 옆에 놓여 있었다. 거위는 여전히 보이지 않았다. 라디오 소리와 함께 깍깍 울음소리만 들려올 뿐이었다.

지난 며칠간은 남양장을 넘어다볼 마음의 여유가 없었다. 형이 아버지의 산소를 없애 버렸기 때문이었다. 아버지의 산소가 주택 공사의 아파트 단지로 수용된 건 2년 전이었다. 도시의 변두리에 있는 산에는 교회 공동묘지도 있었다. 도시가 점점 넓어지면서 야트막한 산에 대규모 아파트 단지가 들어서게 되자 아버지도 다른 사람들처럼 어딘가로 옮겨 드려야 했다. 형은 나와 의논 한 마디 없이 아버지를 납골당의 공동묘지에 보내는 걸로 일을 매듭지어 버렸다. 납골당의 공동묘지란 여러 사람의 뼛가루를 한데 모아 보관하는 곳이다. 나는 그런 식으로 아버지를 버린 형을 맹렬하게 비난했다.

흉측한 속살을 드러내고 있는 남양장처럼 비닐 움막을 걷고 누워 있으면서도 노숙자는 태평스러운 얼굴이었다. 평범한 외모에 대한민국 남자의 보통 체격이나 될까, 이쑤시개 같은 걸로 손톱 밑을 후비는 노숙자의 손이 새까맸다. 머리도 얼굴도 물 구경을 해 본 지 몇 달쯤 된 몰골이었다. 게다가 시멘트 벽이 시커먼 속살을 드러내고 있는 남양장에서 겨우 종이 상자나 깔고 누워서 해바라기가 대문짝만 하게 그려진 그림을 등 뒤에 걸어 두고 세상에서 가장 편안한 얼굴을 하고 있는 노숙자를 보자 나는 기가 막혔다. 노숙자 옆에 세워진 리어카에는 종이 상자와 신문지가 가득 차 있었다. 누가 봐도 당장 고물상에다 리어카를 비워 주고 하이에나처럼 다시 거리의 먼지라도 뒤지고 다녀야 정상인 상황이었다. 비록 고물 값이 바닥을 기고 있긴 하지만 할 수 있는 일이 그것뿐이라면 자리를 박차고 일어나 부지런을 떨어야 마땅했다.

　주차장에 오는 손님 가운데는 아이엠에프는 게임도 아니라는 손님이 많았다. 순 개털들뿐이야. 주머니가 가벼워서 쓸모없이 거리를 날아다니기만 하는 개털들. 이 말은 수제화 전문점을 운영하는 메트로 사장이 막걸리를 마시며 한 말이었다.

　나는 노숙자와 리어카와 햇볕을 번갈아 바라보았다. 하지만 내겐 노숙자를 일으켜 세울 방법이 없었다. 무엇을 해도 남양장에서와 다를 것 없는 삶. 어디를 가도 남양장과 다를 것 없는 잠. 원래 체념에 절여진 몸뚱이는 돌보다 더 무거운 법이었다. 담 너머 자신을 바라보고 있는 내가 시야에 잡힐 텐데도 노숙자는 나에게 눈길 한 번 주지 않고 있었다.

　나는 한참 동안 그런 노숙자를 바라보다 담에서 내려왔다. 손에 시멘트 벽돌담의 부슬거리는 모래가 묻어났다. 내가 유치원에 다닐 무렵 세워진 담이 다 늙었다는 증거였다. 담이 세워지고 난 뒤 아버지는 내가 집을 치워 버린 자리에 외할아버지와 할머니를 모시고 살 집을 지었다. 그리고 시멘트 벽돌을 쌓아 지은 숭숭 바람구멍뿐인 집에서 11년이나 살았다.

　그 조악한 집을 쫓겨나듯이 떠나던 날의 아버지 모습이 떠올랐다. 이끼 낀 바위처럼 얼굴이 굳은 아버지가 그날 한 말은 "가자."라는 한마디뿐이었다. 할머니는 쇼핑 중독자였다. 돈을 물 쓰듯 마음껏 쓰기 위해 집을 몰래 저당 잡혔는데 아버지는 할머니를 큰아버지에게 보내고 나서도 침묵으로 일관했다. 그 뒤 아버지는 곧잘 어울리던 친구들에게 술 한 잔 사지 않고 담배까지 끊었을 정도로 지독하게 살았지만 평생 집을 마련하지 못했다.

라디오 소리는 계속해서 들려왔다. 거기에 거위 울음소리도 섞였다. 도대체 어디서 들리는 것인지 알 수 없었다. 아무리 보려고 해도 볼 수 없는 거위. 나는 고개를 숙여 모래가 부슬부슬 일어나는 시멘트 바닥을 내려다보며 감청색의 남자가 겨울이 지나고 나서 돌아오길 바랐다. 하지만 남자는 그런 내 바람을 여지없이 무너뜨려 버렸다.

은성이 깍두기 무를 써는 날보다 빨리 커피를 가져다준 아침이었다. 예의 검정색 그랜저가 불쑥 주차장을 들어오고 거구의 남자가 운전석 문을 열고 내렸다. 다섯 명의 일행이 번거로웠는지 혼자였다.

"공사는 20일 후부터 시작하기로 했습니다."

남자는 나를 바라보았다. 남자의 한마디에 질문이 포함되었다는 것과 남자가 내 대답을 기다린다는 걸 어렵지 않게 알 수 있었다.

"글쎄요. 주차장은 시간을 파는 장사인데 나더러 손해를 보라는 건 좀 그렇지 않겠습니까?"

어느새 나는 또 거위를 잊어버리고 있었다. 하지만 남자도 나에게 지지 않았다.

"알지요. 그럼, 지금 배상 금액을 조정해 주시고 나중에 저희 직원들 차를 여기에 월 주차시키면 어떻겠습니까? 직원들 차는 모두 다섯 댑니다."

어차피 이 동네에서 다섯 대를 한꺼번에 수용할 수 있는 곳은 내가 관리하는 주차장뿐이었다. 긴 개천을 끼고 있는 동네에는 모두 여섯 개의 주차장이 있지만 월 주차를 받지 않거나 스무 대 이상을 받지 못하는 넓이들뿐이었다.

"월 주차는 월 주차고, 당장 수입에 차질이 생기는데 손해를 보란 말입니까?"

"사장님, 그러지 마시고."

당장 무릎이라도 꿇을 듯 남자의 허리가 굽혀졌다.

"어려운 시기에 경매를 받고 공사를 시작했습니다. 저는 여기에 저의 모든 것을 올인하고 있습니다."

그러니 도와 달라는 이야기를 생략한 채 남자는 고개를 숙였다.

나는 남자에게서 고개를 돌리고 남양장을 바라보았다. 창문을 뜯어낸 컴컴한 자리에서 까치가 또 울고 있었다. 그제야 노숙자는 리어카를 끌고 고물상에 갔을까 하는 생각이 들었다. 하지만 남자에게 다음 봄에 공사를 시작하라고 말할 수는 없었다. 이미 거액을 투자한 남자는 하루가 바쁜 눈치지만 나는 거위가 다가오는 겨울만이라도 남양장에서 났으면 싶었다.

옛날 남양장 1층은 아버지가 점심으로 갈비를 가끔 사 주던 곳이었다. 점심을 먹고 난 뒤에는 언제나 나를 자전거에 태워 주었다. 그때의 따사로웠던 햇볕을 나는 한 번도 잊어 본 적이 없었다. 할머니의 유전자를 그대로 물려받은 형의 집을 나온 뒤, 일거리를 찾아 도시를 무작정 헤매다 가장 먼저 떠오른 게 아버지와 함께 자전거를 타던 한낮의 햇볕이었다. 그 햇볕은 내가 삶에서 무릎이 꺾이는 고배를 마실 때마다 나를 따뜻하게 보듬어 주었다. 하지만 내가 다시 이곳으로 돌아왔을 때 우리가 살았던 집은 허물어져 가고 마당은 주차장이 되어 있었다. 아버지를 그리워하던 나는 살았던 집을 허물고 넓히는 조건으로 주차장을 임대했다. 내가 서 있는 주차장은 다시 말하면 아버지의 흔적과 기억의 품 안이었다. 집은 비록 폐허가 되었지만 그 뜰에 서 있는 것만으로도 집에 돌아온 느낌이었다.

하지만 남자가 내 부탁을 들어줄 리 없었다. 잠시 동안 남양장을 바라보던 나는 혼잣말처럼 중얼거렸다.

"정확히 앞으로 20일 후부터 공사를 시작한다는 말이지요?"

그제야 활짝 펴지는 남자의 얼굴이 곁눈으로도 환하게 보였다.

인터넷 옥션에는 다양한 종류의 침낭이 있었다. 트라택 동계형 침 낭, 초경량 침낭, 고급 솜 침낭, Cross 천연 오리털 침낭 등 종류만큼 가격도 다양했다. 나는 그 가운데서 Cross 천연 오리털 침낭을 주문했 다.

컨테이너에서 살아 본 사람은 안다. 철판으로 만들어진 공간이 여 름에는 얼마나 덥고 겨울에는 또 얼마나 추운지를. 더위와 추위가 고 스란히 전해지는 네 평 공간에서의 삶은 극기 훈련과 비교할 수 있을 정도였다. 취업 재수 생활을 접고 형 부부와의 쉽지 않은 동거를 끝낸 후 첫겨울을 보내고 나서야 침낭을 생각해 냈다. 텔레비전의 야생 로 드 프로그램 덕분이었다.

남양장 옥상에 올라간 노숙자를 본 건 침낭을 주문한 날 오후였다. 시내에 잠깐 볼일 보러 간다는 소나타를 주차하고 습관적으로 남양장 을 바라보았다. 마지막 층의 창문을 뜯어낸 구멍을 통해 옥상을 서성 이는 그림자가 살짝 비쳤다. 처음엔 검은 그림자가 공사에 관련된 사 람일 거라고만 생각했다. 하지만 몇 발짝 다가가서 본 검은 그림자는 뜻밖에도 노숙자였다.

노숙자는 옥상에 심어진 몇 그루의 향나무 앞에 서 있었다. 향나무는 남양장 주인이 건물 준공 기념으로 만들어 놓은 옥상 정원의 일부였다. 남양장 주인은 나무를 심어 놓은 뒤 한 번도 물을 주지 않았기 때문에 다른 나무는 모두 죽어 버리고 향나무만 남았다. 그 뒤로 주인이 두 번 바뀌고 건물을 비워 놓은 시간이 얼마인데 여태까지 나무는 머리 위로 하늘을 드리우고 푸르게 살아 있었다. 청명한 하늘 때문인지 그 푸른빛이 내게는 노르웨이 숲처럼 보였다. 길고 넓게 풀어 헤친 검푸른 머리를 가진 숲. 풀 한 포기 구경할 수 없는 주차장에 햇빛이 하얗게 쏟아질 적마다 숨이 막힐 것 같은 더위를 견디며 리빙 채널로 바꾸면 화면을 가득 채우던 숲.

나는 그 향나무 앞에서 꼼짝도 하지 않고 서 있는 노숙자를 한참 동안 지켜보았다. 어째서 옥상에 올라간 것인지 그곳에서 무엇을 할 것인지 궁금했기 때문이었다. 사실 옥상에서 할 수 있는 일은 몇 가지 안 되었다. 그건 상상력이 빈약한 사람이라도 충분히 머릿속에 그려 낼 수 있는 것이었다. 향나무와 자동차들이 달리는 거리와 멀리 산까지 경치를 감상하는 일과 향나무를 뒤로하고 가지가 꺾어지듯 지상을 향해 뛰어내리는 것.

노숙자의 변함없는 리어카를 아침에도 보았던 나였다. 리어카뿐만 아니라 모든 게 그대로였다. 휴대용 가스레인지, 알루미늄 냄비, 플라스틱 양동이, 거위 울음소리와 라디오 소리 등. 그 가운데서도 한심한 존재는 노숙자였다. 나는 노숙자가 왜 여태 리어카를 끌고 나가지 않은 건지 알 수 없었다.

며칠 전 다시 주차장을 찾아온 거구의 남자는 공사를 맡아 줄 업자와 함께 건물을 보러 왔다며 창문 뜯어낸 자리가 휑한 남양장을 잠시 바라본 적이 있었다. 그날은 내가 6개월분 주차장 월세를 땅 주인에게 폰뱅킹시킨 날이었다.

"저기에 노숙자가 살고 있던데요. 지난번에 정리해서 나가 주라고 했는데 나갔는지 나가지 않았는지 그것도 가서 봐야겠습니다."

이 말은 거구의 남자가 남양장을 보러 가기 전에 한 말이었다.

원래 기차역에서 살던 노숙자가 남양장에서 살기 시작한 건 내가 주차장을 시작하기 훨씬 전부터라고 했다. 이것도 은성이 알려 준 사실이었다. 천안문에서 열다섯 살 때부터 배달을 시작한 은성은 일이 끝난 뒤 애인과 함께 쏘다니지 않은 곳이 없기 때문에 도시에서 일어나는 일은 거의 모르는 게 없었다. 노숙자가 왜 거리의 삶을 살게 되었는지는 알 수 없었지만 거구의 남자가 노숙자에게 빨리 나가지 않으면 쫓아내겠다고 말했다는 것까지 알고 있는 은성이었다.

목이 뻣뻣하게 아파 오기 시작할 때까지 남양장 옥상정원을 바라보고 있어도 내가 상상하는 그런 일은 일어나지 않았다. 나는 어쩌면 노숙자가 그 옥상에서 뛰어내리길 기다렸는지도 몰랐다. 하지만 노숙자는 늦가을 햇볕을 등지고 서서 하염없이 향나무를 바라보기만 할 뿐, 고개 한 번 들지도 않았다. 그의 얇은 등에 힘없는 햇살이 떨어지고 오후의 바람이 쌀쌀하게 불고 있었다. 화석처럼 서 있는 노숙자에게서는 체념이 느껴졌다. 그 모습에서 나는 외할아버지가 물려준 집을 앞장서서 떠나던 날 아버지의 등을 보았다. 아버지가 할머니에게 당신은 내 어머니도 아니라고 말하지 못한 건 아버지를 끔찍하게 아껴 주었던 외할아버지 때문이었다.

나는 노숙자를 계속 바라보며 남양장에 가까이 다가갔다. 자동차 소리가 들리면 곧장 컨테이너로 달려가야 했지만 마침 주차장 앞 골목과 도로를 지나다니는 차가 한 대도 보이지 않는 시간이었다. 남양장에서는 거위 울음소리와 라디오 소리가 여전히 들려오고 있었다. 나는 남양장을 넘어다보았다. 역시 거위와 라디오는 보이지 않았다. 모든 것이 그대로인 노숙자의 보금자리 어디에 거위가 숨어 있는 것인지 도대체 알 수 없었다. 담을 붙잡은 채 옥상을 다시 올려다보았다. 엘리베이터를 설치하기 위해 바닥을 뚫어 놓아 생겼다는 구멍으로 계단 끝에 서 있는 노숙자의 다리와 발이 보였다. 때에 전 검정 바지와 운동화는 그때까지도 향나무 앞에서 움직일 줄을 몰랐다.

"형, 자요?"

밤늦게 찾아온 은성의 손에는 캔 맥주가 담긴 봉지가 들려 있었다. 배달을 마치고 오토바이로 시내를 한 바퀴 돌고 오는 길이라는 은성의 얼굴은 어딘지 침울해 보였다.

"그 자식이 끝내자고 하네요. 나는 아직 시작도 안 했는데…."

나는 의아한 눈으로 은성을 바라보았다. 은성은 언제나 짧은 스포츠머리였고 오랫동안 오토바이에 단련된 팔과 다리는 나보다 더 단단해 보였다. 다만 지분을 바른 것 같은 얼굴과 수염 하나 돋아난 적 없는 턱이 나를 가끔 혼란스럽게 만들었다. 그런데 은성이 제 애인을 가리켜 그 자식이라고 했다.

"그 자식?"

"그 자식도 나를 그 자식이라고 하는데요. 나는 아직도 나를 잘 모르겠어요. 내 안에는 남자도 있고 여자도 있는 것 같으니까요."

맥주를 한 모금 마시고 난 은성이 입가를 닦으며 말했다.

어느 날보다 술이 잘 받는지 은성은 단숨에 한 캔을 비우고 담배를 빼물었다. 그리고 한 모금 깊게 빨더니 연기를 내뿜느라 남양장 쪽으로 향해 있는 창문을 열었다. 매캐한 연기가 은성의 여릿한 목소리와 함께 어둠 속에 잠겨 있는 남양장 쪽을 향해 날아갔다.

"형! 나는 진짜 집을 갖고 싶었어요. 베고니아 화분을 창문 밖에 내걸고 그 자식이랑 커피를 함께 마시고 싶었어요."

나도 은성을 따라 맥주를 비우고 담배를 빼물었다. 방충망으로 들어오는 찬바람에서 가까이 다가온 겨울의 냄새가 났다. 찬바람이 이마에 고스란히 느껴졌다. 남양장의 노숙자는 자신의 체온으로 바닥을 데우며 겨우겨우 잠을 잘 것이었다. 그나마 곁에 있는 거위가 노숙자에게는 위로가 될 것이 틀림없었다. 그 남양장 담 아래 공간에 어둠이 그윽하게 주차되어 있었다.

자정 무렵 주차장 안쪽의 등을 끄는 것으로 또 하루의 일과가 모두 끝났다. 남양장 옥상 높이의 샵 모텔과 푸치니 모텔의 간판 불빛 덕분에 주차장은 마치 달이 구름 속에 숨은 밤 같았다. 나는 그 어스름 빛을 밟으며 남양장으로 갔다.

완벽하지 않은 도시의 어둠 덕분에 구석에 있는 노숙자의 자리가 희미하게 보였다. 움막은 엉거주춤하게 펼쳐져 있었고 라디오 소리는 들리지 않았다. 거위도 조용했다. 꽤 쌀쌀한 밤인데도 노숙자는 깊이 잠들어 있는 것 같았다. 나는 발소리를 최대한 죽이고 노숙자에게 다가갔다. 음습하고 차가운 남양장의 어둠에서는 가까이 임박한 노숙자의 체크아웃 시간이 느껴졌다. 그 전에 거위를 보아야만 했다. 어쩌면 나는 노르웨이 숲을 뛰어다니는 거위를 보기 위해 아버지가 살았던 집에 다시 돌아온 건지도 몰랐다.

고물이 가득 실린 리어카 옆에 서자 넓게 펼쳐 놓은 종이 상자 위에 길게 잠든 노숙자와 푸치니 모텔과 이웃한 벽 쪽에 비스듬하게 펼쳐진 움막이 어렴풋이 보였다. 아무래도 거위는 비닐 움막 속에 숨겨져 있을 것 같았다. 나는 노숙자의 세간 사이에 잠긴 어둠을 조심스럽게 더듬어 나갔다. 냄비가 내 발에 채인 건 세 번째 걸음을 내딛을 때였다. 와당탕! 그 순간 한 번도 보지 못했던 거위가 화드득 날갯짓을 하며 나를 향해 머리를 들었다. 움막에서 노숙자가 벌떡 일어선 것과 동시에 짧은 스포츠머리가 불쑥 나타났다. 거위는 그 순간 어둠 속에서 달빛처럼 날아올랐다. 난 거위를 붙잡으러 허공으로 몸을 날렸다.

갇힌 삶의 예술적 탈주선

김주선_ 문학평론가

1.

인간의 삶은 예속적이다. 우리는 태어남과 동시에 어떤 상황과 사태에 속하게 된다. 농촌과 도시, 민주주의와 군부독재, 부유함과 빈곤함, 종갓집과 핵가족, 신체장애와 정상의 상태는 우리를 가두는 환경이다. 물론 인간은 주어진 환경을 변화시킬 수 있으며 다른 환경을 찾아 떠나갈 수도 있다. 그러나 예속이라는 본질은 없어지지 않는다. 자유주의자는 비예속적일까? 그렇지 않다. 자유주의자는 자유주의라는 사상에 예속된 상태다. 진정한 자유는 자신의 삶을 스스로에게 필연적인 것으로 만들 때 가능한 법이다.

2.

빈곤과 재능은 예술가의 영원한 비애다. 예술을 하려는 사람은 많지만 실력을 갖추긴 어렵고 명성을 얻기도 힘들다. 레오나르도 다빈치는 자신의 재능이 얼마나 뛰어난지 구구절절 쓴 편지를 어느 귀족에게 보내 고용을 바랐으며 셰익스피어 역시 자신의 극단을 위해 귀족의 후원금을 받으려 애썼다. 고흐가 살아생전에 팔았던 그림은 단한 점이었다. 사실 멀리 갈 것도 없다. 당대에 인정받지 못했던 이상의 연쇄적인 다방 경영 실패, 경제적 무능력, 금홍이의 매춘 일화는 대단히 유명하다. 빈곤은 인간을 비참하게 만든다. 특히 현대처럼 고도로 발달한 자본주의 사회에서 돈은 생과 삶의 토대다. 생산수단이 없는 사람에게 자본의 부재는 비루한 삶과 아사를 뜻한다. 한나 아렌트는 빈곤을 "박탈보다 더 심각한, 항구적인 결핍과 처절한 불행 상태"로 규정했고 "이러한 상태의 치욕은 빈곤이 인간성을 박탈하는 강제력을 지니고 있다는 점"*에서 나온다고 보았다. 빈곤이 인간의 존엄을 해친다면 가난에서 벗어날 길 없는 예술가의 삶은 자기 존엄과의 투쟁이다.

범현이 소설에는 유독 예술가가 자주 등장한다. 그들은 대개 빈곤과 싸운다. 예술적 한계에 대한 고투보다 더 자주 나타나는 게 빈곤한 삶의 절박감이다. 이들은 자기 생과 삶의 기초적 존엄을 위해 투쟁한다. 예술에 대한 낭만적 사고를 가진 사람은 의아하게 생각할 수도 있

---

* 한나 아렌트, 『혁명론』, 홍원표 옮김, 한길사, 2004, 136쪽.

다. 자신의 예술혼을 위해 경제적 파탄 따위는 아랑곳하지 않는 고고한 예술가에 대한 이데올로기적 이미지가 존재하기 때문이다. 그러나 너무 당연한 말이지만, 굶어 죽으면서 예술을 한다는 건 불가능하다. 예술가는 대개 빈곤 계급이다. 통장 잔고가 바닥나 절벽에 매달리는 심정이 되어 본 자라면 더욱 그렇다(「여섯 번째는 파란」). 돈이 없다면 무덤과 다를 바 없는 지하의 공기를 마셔 가면서라도 일을 해야 하고(「패총」), 집을 팔고 학원을 새롭게 정리해야 한다(「안나는 없다」). 지긋지긋한 도시를 탈출하려 해도 돈이 필요하다(「거위의 집」). 그들은 빈곤에 '갇힌 존재'다.

경제적 예속도 문제지만 타인에게 종속된 삶도 문제다. 「패총」의 주인공은 남성의 욕망을 욕망하는 삶을 원했다. 남자가 원했던 것은 안락한 가정의 주부였다. 그러나 남자와 실패한 성관계와 불임 때문에 결국 버림받는다. 그녀는 모성적 어머니와 창녀로서의 여성을 동시에 요구하는 가부장적 로맨스 법칙에 예속되어 있다.

'갇힘'은 신체적 차원으로까지 번져 있다. 「소리」의 주인공은 전신 불수다. 그의 정신은 신체 바깥을 넘나들지만 결국 신체의 한계를 벗어나진 못한다. 자신의 처지에서 비롯되는 온갖 부정적인 감정, 예민해진 청각은 자신을 보살피는 연인의 부정(不正)과 부정(不貞)을 듣는다. 연인은 그의 작품을 그녀 자신의 이름으로 발표하고 한 미술평론가와 내연 관계를 갖는다. 이제 그의 삶은 체념과 자조만 남는다. 이미 정해진 미래이므로 기대도 없고 희망도 없다. 삶은 추잡스럽고 하찮은 것이다. 그렇다면 갇힌 삶을 도대체 어떻게 넘어설 수 있을까. 무엇이 이 삶을 견디게 해 줄까.

3.

「여섯 번째는 파란」의 주인공은 자신의 처지를 아주 고통스럽고 역설적인 방식으로 견딘다. 그녀는 글 쓰는 직업을 갖고 있다. 남편은 족보나 들여다보고, 미술관 일을 그만두겠다는 딸은 재취업 생각보다는 캄보디아에 가서 앙코르와트를 보고 와야겠으니 해외 여행을 보내 달라고 말한다. 가계에 대한 막중한 책임감 속에서 글을 쓰는 그녀는 앞이 막힐 때마다 타투이스트인 친구를 찾아가 몸에 나비 문신을 새긴다. 타투의 고통은 그녀가 더 부서지지 않게 해 주는 역설적 장치다. 그녀는 고통으로 고통과 대치한다. 그녀에게 고통은 체념과 자조 속에서 공허과 무력감에 빠지지 않기 위한 최후의 수단이다. 사실「여섯 번째는 파란」에는 그녀와 정반대의 모습을 보이는 이도 존재한다. 바로 타투이스트 친구인 은종이다. 그녀는 먹고 싸는 본능만 남은 딸을 위해 판화 작업을 버렸다. 그녀는 본능만 남은 것 같은 딸 돌봄의 삶을 그저 담담히 받아들인다. 화자는 이와 같은 삶의 방식에 놀라움을 표한다. 둘 중 무엇이 더 나은 삶일까. 택할 수 없다. 고통의 질적 수준은 증명할 수 없다. 다만 범현이 작가라면 고통 속에서 글 쓰는 삶을 택할 것이다. 작가는 예술을 결코 놓지 않는다.

예컨대 가부장적 문화 속에서 벗어난 「패총」의 주인공은 그림 작업을 통해 슬픔을 이겨 낸다. 삶은 한 가지를 잃으면 한 가지를 주는 법이다. 남자와의 이별 후 시작한 지하의 식당 일은 그녀에게 신세계였다. 직업을 갖고 경제적 역량을 갖추어 사회의 생산적 일원으로서 존재하는 경험은 가부장 문화에 예속된 주부에게 불가능하다. 그녀는 대학 미전이나 그 밖의 공모전에서 수상했던 기억도 되찾게 된다. 남자에게서의 탈출은 진정한 자신을 찾는 과정이자 한국 사회의 제도적 관습에서의 탈출이다. 예술가의 삶을 위해 자기 삶의 일부를 포기하거나 기어이 감당하는 모습은 소설집의 핵심 모티브다.

「목포의 일우」에 그 장면이 감동적으로 담겨 있다. 소설은 남농이 새로운 남종화를 그려 내는 과정을 담는다. 여기서도 경제적 곤란은 여전하다. 그는 매 끼니를 걱정해야 하는 처지다. 사실 아버지는 그림 활동이 허건의 삶을 가난으로 몰아넣을까 두려워 그를 말렸다. 하지만 이미 그림에 들린 사람을 어떻게 말릴 수 있단 말인가. 그의 나이 스물여덟에 골습(骨濕)이 시작된다. 앉았다 일어설 때마다 "앞니를 아랫입술에 깊게 박아야"(88쪽) 하는 통증을 안고서도 그림을 그린다. 기묘하게도 골습의 통증은 화선지를 가까이할 때 멀어진다. 그림이 병을 밀어내는 것처럼 보인다. 그러나 병이 사라지는 것은 아니다. 골습이 악화되면 다리가 썩는다. 다리를 잘라 내고 평생 장애인으로 살아야 한다. 그럼에도 남농은 그림을 택한다. 다리가 멀쩡하다면 "마음이 썩어서 문드러졌을 것"(101쪽)이기 때문이다. 길고 긴 통증과 창작의 번민 속에서 몸부림치던 그는 결국 신남화풍의 그림을 그리는 데 성공한다. 그가 그린 작품 「목포의 일우」는 특선을 차지한다. 범현이에게 예술가의 삶이란 그런 것이다. 나의 존재 일부를 잘라 내어도 끝끝내 예술을 고집하는 존재가 바로 예술가다. 예술에 대한 무조건적인 비타협이야말로 예술가의 윤리이자 자유의 시작이다.

4.

　예술과 정치의 관계는 근대 이후 가장 첨예한 문제 중 하나지만 절대 풀리지 않는 난제이기도 하다. 칸트의 『판단력 비판』이나 쉴러의 『인간의 미적 교육에 관한 편지』에서부터 시작된 예술과 정치의 문제는 지금도 그 정확한 정체가 밝혀지지 않았다. 그러나 예술가의 사회적 참여에 관한 것이라면 문제가 다르다. 우리는 사르트르가 강렬히 외쳤던 '참여 예술'이라는 이름을 이미 알고 있다(물론 사르트르의 참여 예술은 단지 예술가의 사회적 활동만을 말하는 건 아니다).

　「가죽가방」의 화자는 우연히 어떤 목소리를 듣고 과거를 회상한다. 스무 살의 그녀는 가슴이 뜨거운 투사였다. 군부독재를 몰아내기 위해 예술은 마땅히 정치적일 수 있어야 한다고 생각했다. "예술도 총이 될 수 있다. 설사 총이 되지 못한다면 총을 숨길 수 있는 가방이라도 되어야 한다"(141쪽)는 게 당시 그녀의 신조다. 자신에게 특별한 재능은 없지만 미술사의 흐름을 바꾸거나 혁명을 일으킬 수 있다고 믿었다. 그러니 독재 타도를 위해 걸개그림 작업과 포스터 작업을 하고 시내 전역에 포스터를 붙이고 돌아다녔던 것은 단지 스무 살의 피 끓는 청춘 때문만은 아니었다. 그녀는 엄결한 자의식과 정치적 의식을 갖고 있었다. 어느 날 어김없이 백골단에 쫓겨 도망치던 그녀는 홍등가의 한 집 안으로 들어가고, 그곳에서 먼저 도망쳐 들어와 있던 한 남성을 마주하게 된다. 둘은 새벽 내내 민주주의와 자유에 대한 이야기를 나눴다. 데모하다 도망쳐 들어간 홍등가 방에서 새벽 내내 대화했던 이성의 목소리를 잊을 수 있을까? 물론 기억하지 못할 수도 있다.

어쨌거나 화자가 기억해 낸 목소리의 주인으로 짐작되는 이는 크게 변해 있다. 민주화운동단체의 회장이라는 설명은 어쩐지 거짓말 같고 "과거의 학생운동 경력이 가장 빛나는 장신구 같은 느낌."(149쪽)의 사람으로 보인다.

신자유주의 자본주의가 자본화하지 못하는 것은 없다. 스펙은 물론이거니와 유년기 생활, 현재의 감정 상태, 성격도 자본화할 수 있다. 신자유주의는 어떤 감정과 성격이 자본주의에 더 적합한지를 묻는다. 과거의 학생운동이 자본화되는 건 대단히 쉬운 일이다. 한때의 민주투사가 자신의 휘장을 자본 교환의 휘장으로 사용하는 경우는 얼마나 많은가. 그들은 또 얼마나 뻔뻔한가.

예술과 정치의 문제는 「뫼비우스의 띠」에서도 반복된다. 여기서 정치는 시립미술관 학예과장이 자신의 권력과 경제적 압력을 통해 예술가들을 조종하는 행위로 나타난다. 과장은 평생 지역 미술을 위해 헌신한 예술가들에게 공모를 내어 친미술관 파와 반미술관 파로 나누려 한다. 가난은 사람을 얼마든지 망가트린다. 동료 부모 조문은 안 가도 학예과장의 어머니 조문에는 참석하고, 서로 뒤에서 이간질하거나 흉흉한 소문을 내며, 각자 걸린 밥그릇을 세며 서로를 감시하거나 질시한다. 정작 문제를 일으킨 학예과장은 어느샌가 뒤로 빠져 있고 피해자들끼리만 서로 싸우는 형국이다. 남농과 같은 기개를 찾는 건 쉽지 않다. 가난 앞에서 초연하고 예술을 위해 다리 한쪽을 잘라 버리는 행위는 범인의 것이 아니다. 그러나 권력과 정치, 자본에 휩쓸려 타락하는 삶을 옹호할 수도 없다.

5.

예술가는 질문하는 사람이다. 개인에서 출발해 사회의 문제를 짚어 내는 존재가 예술가다. 예술이 답을 제시하는 순간 이데올로기로 변질되기 쉽다. 따라서 범현이 작가가 예술과 빈곤 사이에서 어떤 태도를 취해야 하는지 제시할 필요는 없다. 답은 각각의 몫이다. 그보다 여기서는 예술과 정치에 대해 맹아적인 수준에서 존재하는 작가의 통찰을 짚는 게 더 의미 있겠다.

예술은 어떻게 정치적일 수 있는가? 랑시에르는 정치를 감각적인 것의 나눔으로 본다. 이때 감각은 시간과 공간에 대한 감각을 뜻한다. 사회는 구성원에게 말한다. 각자의 자리에서 각자 맡은 바에 최선을 다해야 한다고. 학생은 학생답게, 선생은 선생답게, 회사원은 회사원답게 존재해야 한다고. 그들이 점유하는 시간과 공간은 한정되어 있다. 정권의 질서를 수호하는 사람들은 언제나 똑같이 말한다. '제자리로, 각자의 자리로 돌아가십시오.' 이에 따르면 학생은 학교에 있을 시간에 반드시 학교에 있어야 한다. 그들의 시공간 활용 양상은 교실에서 집중력을 발휘해 공부를 하며 문제를 푸는 것이다. 다른 것은 해야 할 필요도 없고 해서도 안 된다. 마찬가지로 노동자는 낮에는 일하고 밤에는 쉬어야 한다. 그래야 다음 날 노동을 적실히 수행할 수 있다. 반면 랑시에르는 프랑스의 오래된 고문서를 뒤져 프롤레타리아의 가능성을 찾아낸다. 문서에 기록된 노동자들은 낮에 일하고 밤에는 시를 썼다. 그들은 사회가 강제한 노동과 휴식이라는 시공간 활용 감각의 삶에서 벗어났다. 다음의 인용문은 범현이가 감각적으로 포착한 예술의 정치적 가능성이다.

> "시간이 흘러가는 모습, 이렇게 지켜보는 거 처음이에요. 사물
> 의 명암이 분과 초마다 조금씩 달라지는 것은 처음 봐요. 우리도,
> 나라도, 자유도, 민주주의도 이렇게 조금씩 달라지겠죠?"
> 나도 그의 이 말에 깊이 공감했다. 우리가 삶을 사는 것은 과거
> 를 만들어 내는 거라는 것. 초침이 똑딱! 하고 지나가는 순간 일 초
> 가 과거로 흘러간다. 시곗바늘 소리에서 슬프거나 다행스럽다는
> 감정이 느껴진 것도 그때가 처음이었다. (146~147쪽)

남자는 사물의 명암이 분과 초마다 조금씩 달라지는 것을 보고, 화
자는 시곗바늘 소리에서 슬프거나 다행스럽다는 감정을 느낀다. 둘
은 지금까지 살아왔던 삶에 새로운 감각적 경험 하나를 더 새기는 중
이다. 백골단에 쫓겨 들어온 방 안에서 새벽을 새는 동안 보이지 않던
것을 볼 수 있게 되고 느낄 수 없었던 것을 느낄 수 있게 된 이 작은
감각적 경험은 기존의 자신이 침윤되어 있던 시공간에 대한 활용을
다르게 만들 수 있다. 물론 순간의 변화가 미래를 어떻게 바꿔 놓을지
는 아무도 모른다.

6.

    사는 동안 자주 들었던 말이 있다. '나이 먹어 봐. 다 똑같아.' 어릴 때는 뭐가 똑같은지 잘 몰랐다. 시간이 지나니 조금은 알 것 같기도 하다. 권력과 힘이 작동하는 사회에서 정치적 감각과 처세술은 돈 아나게 될 수밖에 없고, 가난한 삶의 남루함은 인간의 가능성을 타협적으로 만든다. 예술에 대한 순정이나 섬세함, 고고한 정신을 지키는 건 어렵다. 범현이 작가는 현대사회의 각종 억압에서 벗어나야 한다고 말하는 듯하다. 먹고 싸는 것을 더 잘해야 한다는 생명 관리 정치적 삶(푸코)이나 경제적 예속, 사회 문화적 예속에서 벗어나야 진정한 삶을 살 수 있지 않을까. 미친 세상에 저항할 감각을 만들어 내는 작가에게 응원을 보낸다.

왜 쓰느냐는 질문을 받았다. 그동안 무엇을 쓰고 싶냐는 질문은 종
종 받았지만 왜 쓰냐는 질문은 처음이었다. 순간 머릿속이 하얘졌다.
내밀한 비밀을 들켜 버린 것 같았다. 굳이 덧붙이자면 수백 개의 칼날
이 한꺼번에 나를 향해 왔다고 할까.

미술대학을 졸업한 난, 그림에 재능 없음을 일찍이 깨달았고 졸업
을 끝으로 그림을 그려 본 적이 없다. 하지만 살아오는 동안 단 한 번
도 그림의 곁을 떠나지 못했다. 먹고 자고 숨 쉬며 생각하는 모든 것
은 그림과 연결되어 있었다. 삶의 가장 힘들었던 순간마저도 그림으
로 위로를 받았다. 그림은 나를 살게 하는 근원인 것만 같았다.

그림을 그릴 수 없는 나는 언제부터인가 그림을 가까이하면 할수록
갈증을 느꼈다. 빛이 만들어 내는 색깔에 대한 갈증. 머릿속을 채우고
있는 안개를 걷어 내고만 싶은 갈증. 금방이라도 붓을 들면 화폭 하나
를 냉큼 채울 수 있을 것 같은 갈증. 이 심각한 구원할 수 없는 갈증이
글을 쓰게 만들었다. 그리지 못하는 그림을 글로 쓰고 싶었다. 그림을
들여다보는 시간이 많아질수록 내 손은 자판을 두드리고 있었다.

그래서일까. 내가 쓰는 대부분은 그림에 관한, 그림에 얽힌, 그림

을 그리는 작가들의 이야기들이다. 그럴 수밖에 없을 것이다. 모든 글이 자신의 경험과 생각 활동반경 안에서 생산되고 비롯되는 것이니 당연한 일이다.

이 책에 실린 여덟 편의 단편들 역시 그림이 가지고 있는 이야기들이다. 그림을 그릴 수밖에 없도록 천형(天刑)을 타고난 작가의 이야기를 비롯해 그림을 포기할 수밖에 없는 어찌할 수 없는 시대 상황과 넓게는 그림판 안에서 있을 수 있는 암묵적이고 비극적인 상황을 넘어 동시대의 부조리도 담으려 했다. 글이 된 그림들이 맞겠다.

이 단편들을 쓰는 동안 쓰지 않아도 되는 사람이 부러웠다. 죽도록 쓸 수 없을 때는 책상에 엎드려 울었다. 내가 그린 그림을 도둑맞은 사람처럼 자신이 안타깝고 서러웠다. 왜 쓰느냐에 대한 질문은 자신에게 수없이 던지던 물음이었다. 지금까지 그 질문에 대한 답을 내리지 못하고 있다. 산다는 것과 그림을 그리는 것은 동의어라고 말하는 작가들의 이야기가 답이 될까.

한 권의 책을 묶어 첫 소설집을 세상에 내놓는다.

모든 사물에는 시간이 필요하다. 꽃이 피는 시간. 음식이 익어 가는 시간. 나비가 고치를 뚫고 날개를 펴는 시간. 내게도 한 권의 책을 엮을 숙성의 시간이 필요했다. 조금이라도 덜 부끄럽고 여기까지 오는데 따뜻한 손길을 내밀어 준 벗들의 이름에 누가 되지 않기를 바랄 뿐이다.

조금 늦었다. 소설가가 꿈이었던, 어린 나에게 가까이, 조금 늦게 도착했다. 이제 나는 어린 나를 껴안고 같이 밥을 먹고 발가락 장난을 치고 같이 걸으며 우물같이 깊은 귓가에 도란도란 책을 읽어 줄 것이다. 늦게 천천히 출발했다고 멀리 가지 못할 것도 아니다. 이제는 같이 걸을 것이다. 언제나. 항상. 지금처럼.

2020년 9월
소소한 일상을 간절히 기다리며.

여섯 번째는 파란 범현이 소설집

초판1쇄 펴낸 날 | 2020년 9월 17일
초판2쇄 펴낸 날 | 2021년 1월 11일

지은이 | 범현이
펴낸이 | 송광룡
펴낸곳 | 문학들
등록 | 2005년 8월 24일 제 2005 1-2호
주소 | 61489 광주광역시 동구 천변우로 487(학동) 2층
전화 | 062-651-6968
팩스 | 062-651-9690
전자우편 | munhakdle@hanmail.net
블로그 | blog.naver.com/munhakdlesimmian
값 13,000원

ISBN 979-11-86530-91-7 03810

조병연 「패총」

송필용 「가죽가방」